„Liebe und andere Irrtümer" Kurzgeschichten, Fabeln und Märchen rund um das Thema Liebe, Glück und Schicksal

© 2022 Heike Steinbrenner
2. Auflage

Herstellung und Verlag:
BoD – Books on Demand, Norderstedt
ISBN: 9783756815562

Umschlag Gestaltung: Gina Steiner/ Diana Laesch

Heike Steinbrenner
Liebe und andere Irrtümer

Kurzgeschichten, Fabeln und Märchen
rund um das Thema Liebe, Glück und
Schicksal

INHALTSVERZEICHNIS

Der Herr und sein Hund

Es war einmal ein Hund, der gehörte einem Mann, der in einem schönen Haus mit einem großen Garten lebte. Der Hund hatte viele Freiheiten und ein gutes Leben. Er genoss es, in dem schönen Haus zu wohnen und in dem großen Garten herum zu toben. Abends, wenn der Mann von der Arbeit nach Hause kam, spielten die beiden miteinander. Wenn der Hund seinen Kopf auf den Schoß seines Besitzers legte, kraulte ihn der Mann liebevoll. Kam er wild mit dem Schwanz wedelnd mit einem Stöckchen an, warf es sein Herrchen lachend durch die Lüfte, und der Hund apportierte es freudig und legte es ihm vor die Füße. Lange Zeit wurden die beiden nicht müde dieses Spiel zu spielen. Doch das Herrchen wurde älter, und der Hund auch. Mit der Zeit hatten die beiden immer weniger Freude am Apportieren. Auch ihre gemeinsamen Spaziergänge wurden immer seltener. Oft war der Herr müde von der Arbeit und hatte Abends keine Lust mehr, mit dem Hund spazieren zu gehen. Und auch der Hund fand die Wege, die sie früher zusammen gelaufen waren, zunehmend langweilig, da er schon jeden Winkel in- und auswendig kannte. Selten fand er einen neuen, interessanten Geruch, wenn sie nun gemeinsam nach draußen gingen. Beide, sowohl der Hund als auch sein Herr spürten, dass sich etwas verändert hatte, und sie waren traurig darüber.

Einige Male versuchten sie neue Wege zu erkunden. Der Mann lud den Hund ins Auto, und sie fuhren in den Wald oder an den See. Dann waren Hund und Herrchen gleichermaßen aufgeregt. Doch irgendwann ließ auch das nach. Und nachdem der Hund eines Tages fast beim Schwimmen im See ertrunken wäre, ließen sie ihre gemeinsamen Ausflüge wieder sein.

Immer öfter streunte der Hund alleine durch den großen Garten und sehnte sich nach einem Gefährten zum Spielen. Von den Nachbargrundstücken hörte er andere Hunde bellen und herum toben und er fragte sich, ob es dort mehr Freude gab? So wurde seine Sehnsucht nach Geselligkeit und Abenteuer immer größer, und die Kluft zwischen Hund und Herr immer tiefer. War der Hund früher aufgeregt mit der Leine im Maul seinem Besitzer entgegen gesprungen, wenn es Zeit für den Spaziergang war, hob er nun nur noch müde den Kopf, wenn er den Schlüssel in der Haustür hörte. Auch bei seinem Besitzer hatte sich etwas verändert. Immer unwilliger kam er seinen Pflichten dem Hund gegenüber nach. Zwar fütterte er ihn regelmäßig, doch er war so müde und erschöpft von seiner Arbeit, dass er die Spaziergänge auf ein Minimum beschränkte. Er dachte, der große Garten würde dem Hund genügend Auslauf bieten. Da ihm die Freude und die Abwechslung, die er anfangs mit dem Hund gehabt hatte, jedoch fehlten, suchte er sich ein neues Hobby. So fing er an, den Garten zu bepflanzen und steckte einige Beete ab, die der Hund nun nicht mehr betreten durfte.

Der Hund konnte nicht verstehen, dass es nun Teile in seinem einstigen Reich gab, die für ihn tabu waren und er litt darunter, dass er nun noch weniger Beachtung bekam. Deshalb versuchte er, die Aufmerksamkeit seines Herren mit allerlei Einfallsreichtum auf sich zu lenken. Er machte Männchen, gab Pfote und wartete jeden Morgen mit der Zeitung in der Schnauze auf ein Lob. Vergebens. Es schien, als ob er Luft für seinen Besitzer geworden wäre. Selbst wenn er im Garten wild vor diesem auf und ab hüpfte, erntete er allenfalls ein müdes Lächeln. Dafür war sein Herr umso mehr vertieft in seine Arbeit als Gärtner. Mit Hingabe und Freude bearbeitete er die Beete, steckte winzige Körner und Setzlinge in den Boden, harkte, wässerte und scharrte auf Knien rutschend in der dunklen Erde herum. Resigniert beobachtete der Hund von seinem Platz unter dem großen Kirschbaum aus seinen Herrn beim Schaffen.

Eines Tages hörte er von draußen lautes Gebell. Mit einem Satz sprang er auf und rannte zum Zaun. Doch er konnte durch das Dickicht der Sträucher nicht erkennen, was auf der Straße vor sich ging und von wem das Bellen kam. Es war eine schöne, klare Stimme, so vielversprechend, dass sein Herz raste. Schnell rannte er ins Haus, nahm die Leine ins Maul und eilte zu seinem Herren in den Garten, wo dieser mit einem neuen Blumenbeet beschäftigt war. Schwanzwedelnd legte der Hund die Leine vor dem Beet ab und gab mit aufgeregtem Bellen kund, dass er nach draußen wollte.

Doch der Herr hob nur kurz den Blick und sagte:

„Jetzt nicht. Ich habe zu tun."

Daraufhin widmete er sich wieder ganz seinem Beet. Doch der Hund schien die Anweisung seines Herren nicht gehört zu haben, denn er wurde zunehmend aufgeregter und rannte nun laut japsend um seinen Herrn herum. Dabei trampelte er ins Gartenbeet und trat einige der frisch gepflanzten Setzlinge um. Da wurde der Herr wütend und schimpfte den Hund, den das wenig juckte. Ungestüm fuhr er fort, um die Beine seines Herren herum zu wuseln, so dass dieser schließlich stolperte und hinfiel. Doch das genügte noch immer nicht, um den Hund zur Raison zu bringen und so sprang er schließlich auf seinen Herren los, um ihn zum Aufstehen zu bewegen.

Was es ein Missverständnis? Hatte der Herr geglaubt, der Hund wollte auf ihn losgehen? Urplötzlich entlud sich eine Welle des Zorns über dem Tier. Fäuste, die er sonst als wohlwollende, nährende Hände gekannt hatte, donnerten unkontrolliert auf ihn nieder. Beim ersten Hieb, der ihn traf, jaulte der Hund auf. Es folgten weitere, schmerzhafte Schläge. Dann geschah etwas Merkwürdiges. Denn wie von unsichtbarer

Hand getragen, schwebte der Hund aus seinem Körper heraus und blickte nun von oberhalb des Kirschbaums aus auf die Szene herab, unfähig Schmerz oder irgendetwas anderes zu empfinden. Er sah einen Mann, der auf einen Hund einschlug und ein am Boden liegendes Stück Fell, das sich nicht rührte. Ringsum weder Vögel noch sonst ein Lebewesen, sondern ausnahmslose Stille. Dann, irgendwann, ließ der Mann von dem Hund ab. Erschöpft. Geschockt. Er sank auf die Knie und begann zu weinen. Krämpfe schüttelten ihn. Der Abend kam.

≈

Am nächsten Morgen holte der Mann seine Gartengeräte aus dem Schuppen und begab sich damit zu dem zerstörten Blumenbeet. Sorgsam entfernte er die kaputten Setzlinge, rechte den Boden und grub in regelmäßigen Abständen Löcher. In diese setzte er neue Pflanzen, die er sorgfältig wässerte. Nachdem er so das Beet Stück für Stück wieder in Ordnung gebracht hatte, fühlte er sich mit dem Hund versöhnt. Er ging ins Haus, füllte den Fressnapf und rief nach ihm. Doch es rührte sich nichts. Also lief der Mann durch das Haus und suchte den Vierbeiner. Er fand ihn hinter dem Sofa zusammen gerollt, die Augen angstvoll auf ihn gerichtet. Versöhnlich hielt er ihm den Napf vor die Nase und sagte:

„Nun komm schon raus und friss, du dummer Hund. Ich habe etwas Gutes für dich."

Als er die Hand hob, um den Hund zu streicheln, zuckte der Hund zusammen. Da legte der Mann seine Hand ganz sanft auf seinen alten Freund und redete ihm gut zu, und der Hund kauerte sich zu Füßen seines Herren, wie er es gewohnt war und ließ sich streicheln. Es waren dieselben Hände, die ihn am Tag zuvor das Fürchten gelehrt hatten. Nur heute waren sie sanft, einschmeichelnd und versöhnlich. Der Hund schloss die Augen.

≈

In den nächsten Tagen widmete der Herr seinem Hund wieder mehr Zeit. Er füllte den Napf mit besonderen Leckereien und machte ausgedehnte Spaziergänge mit ihm. Eines Morgens trafen die beiden auf eine elegant gekleidete, hochgewachsene Frau, die zwei edle Terrier an der Leine führte. Sofort rannte der Hund auf die fremden Hunde zu und beschnüffelte sie. Die Frau beugte sich zu dem Hund herab und streichelte ihm liebevoll das Fell. Dabei rief sie Freudestrahlend:

„Was für ein schöner, intelligenter Hund du bist! Und wie weich dein Fell ist! Dein Herr hat großes Glück mit dir!"

Der Hund verstand die Worte der Frau nicht, doch er spürte, dass sie ihn mochte. Freudig sprang er vor ihr auf und ab. Schließlich suchte er ein Stöckchen, mit dem er der Dame erwartungsvoll entgegen trat. Die Frau, welche die Hundesprache sehr gut verstand, nahm ihm den Stock aus dem Maul und warf ihn in hohem Bogen durch die Lüfte. Mit Eifer sprang der Hund los, dem Wurfobjekt hinterher. Stolz lieferte er es bei der Dame ab, bereit, erneut los zu toben. Die Frau warf den Stock noch einige Male, doch die Terrier wurden immer unruhiger und zogen an der Leine. Einige Male ermahnte sie die beiden, doch mit einem Mal sagte sie entschieden „Schluss" und legte den Stock auf den Boden. Das Spiel war zu Ende, und die Dame wandte sich zum Gehen. Der Blick des Hundes folgte ihr.

Von diesem Tag an träumte der Hund davon, der Frau wieder zu begegnen. Stundenlang lag er unter dem Kirschbaum und gab keinen Laut von sich. Kam sein Herrchen in den Garten, hob er träge den Kopf. Sah er keine Leine, sank er zurück auf die Vorderpfoten und schloss die Augen. An anderen Tagen beobachtete er seinen Herrn bei der Gartenarbeit. Er fand es nun nicht mehr so schlimm, dass sein Besitzer nur wenig Zeit für ihn hatte. Vielmehr lief er, wenn er Geräusche auf der Straße hörte, aufgeregt am Gartenzaun auf und ab, in der Hoffnung, dass die Frau mit den Terriern vorbei kommen würde.

Und tatsächlich, eines Abends erkannte er an dem lauten Bellen die Stimme eines der Tiere. Aufgeregt sprang er von seinem schattigen Lieblingsplatz unter dem Kirschbaum auf und bekundete lautstark seine Anwesenheit. Der Erfolg ließ nicht lange auf sich warten. Denn tatsächlich tauchte kurz darauf der Kopf der Frau hinter dem Zaun auf. Ein Lächeln huschte über ihr Gesicht, als sie den Hund erkannte. Von dem

Gebell der Tiere aufmerksam geworden, kam auch der Besitzer des Hundes dazu und bat den Besuch herein. Die Dame betrat den Garten und sah sich aufmerksam um. Die beiden Terrier folgten ihr und fingen sofort an, ihre Umgebung zu beschnüffeln.

Der Hund war außer sich vor Freude. Laut bellend lief er vor der Dame auf und ab und wedelte mit dem Schwanz. Die Dame lachte, beugte sich über ihn und strubbelte ihm durchs Fell. Das war zu viel für den Hund. Er ließ sich auf den Rücken fallen, wo er reglos verharrte. Und tatsächlich ließ sie sich auf die Knie sinken und kam zu ihm herab. Nun fühlte der Hund ihre warme, fürsorgliche Hand auf seinem Bauch und noch tiefer: in seinem Gedärm, das entspannt gluckerte, in seinem Magen, in seinem Herzen, ja in seinem ganzen Körper. Ein wohliger Schauer erfasste ihn, ein Zucken, das ihn ganz entspannt, ja fast schon entrückt sein ließ in eine andere, eine himmlische Welt. Der Hund schwebte.

Doch dieser Zustand endete jäh, als die beiden Terrier angestürmt kamen und bedrohlich knurrten.

„Still!", mahnte die Dame und erhob sich. Augenblicklich verstummten die beiden und legten sich ihr winselnd zu Füßen.

„Donnerwetter! Die sind ja gut erzogen", mischte sich der Herr nun ein.

Die Frau schmunzelte.

„Das müssen sie auch sein. Denn ich bin Tierbändigerin. Das Dressieren ist mein Beruf, und ich bin gut darin", entgegnete sie.

Anerkennend zog der Herr die Brauen hoch: „Das trifft sich gut. Vielleicht können Sie mir ein paar Ratschläge geben. Ich habe nämlich in letzter Zeit Probleme mit meinem Hund."

„Erzählen Sie!", sagte die Frau.

„Gehen wir nach drinnen", meinte der Herr und machte eine einladende Geste in Richtung Haus. Die Dame nickte und gab ihren Terriern Anweisung, im Garten zu warten. Dann verschwanden die beiden nach drinnen.

Der Hund beobachtete die Szene ohne recht zu wissen, was vor sich ging. Erst als sich die Tür hinter seinem Herren und der schönen Dame schloss und er mit den beiden Terriern im Garten zurück blieb, wurde ihm bewusst, wo er sich befand. Und dass sie drinnen waren und er draußen. Noch immer klopfte im das Herz bis zum Hals, und die seltsame Aufregung, welche die Berührungen der Dame in ihm ausgelöst hatten, verwirrte seine Sinne. Deshalb kümmerte er sich auch nicht um die beiden Terrier, die nun begannen, den Garten zu erkunden und an einigen Stellen ihre Markierungen hinterließen. Wie angewurzelt blieb er vor der Tür sitzen und wartete.

So saß er lange Zeit mit verklärtem Blick. Äußerlich wirkte er ruhig, innerlich vibrierte etwas in ihm, eine freudige Erwartung und die Hoffnung auf, ja, auf was? - War es das Wissen, dass die schöne, freundliche Dame irgendwann wieder durch die Tür nach draußen kommen würde? War es die Aussicht darauf, dass sie ihm erneut mit der Hand durchs Fell streichen würde? Seine Verwirrung und Aufgewühltheit ließen ihn ausharren und alles um ihn herum vergessen. In der Zwischenzeit hatten die beiden Terrier den Garten ausgiebig mit ihren Duftstoffen markiert. Nun kamen sie neugierig näher und beschnüffelten ihn von allen Seiten. Eine stille Aggression ging von ihnen aus, und der Hund ging in

Habachtstellung. Die Augen der Terrier blitzten bedrohlich.

„Bilde dir bloß nichts ein", sagten sie. „Wenn du unserem Frauchen zu nahe kommst, zerfleischen wir dich!"

Die Drohung war unmissverständlich. Doch der Hund fühlte sich mächtig. Er fühlte sich unbesiegbar. Die Dame hatte ihn ausgewählt. Ihn hatte sie angelächelt. Ihm hatte sie ihre Aufmerksamkeit geschenkt, ihm hatte sie das Fell gekrault und ihn hatte sie im Innersten bewegt. Was wussten die dummen Terrier davon? Er spürte eine enorme Kraft in sich aufsteigen und richtete sich zu voller Größe auf. Ein dunkles Knurren entstieg seiner Kehle, ein Knurren, das aus seinem tiefsten Inneren zu kommen schien, aus der Dunkelheit seiner Magengrube, aus der Kraft seiner Eingeweide, der Energie seiner Leber, dem Lebensspeicher seiner Knochen. Augenblicklich zogen die Terrier die Schwänze ein und neigten sich devot zu Boden. Der Hund triumphierte. Für den Augenblick war er der Sieger.

Eine gefühlte Ewigkeit später öffnete sich die Haustür tatsächlich, und sein Herr trat mit der Dame heraus. Sofort wurden die beiden umringt von den drei Hunden, die um ihre Gunst buhlten. Enttäuscht registrierte der Hund, dass die Dame ihm zwar freundlich zulächelte, sich aber sogleich ihren beiden Terriern zuwandte und sie an die Leine nahm. Sein Herr hielt ihm einen Leckerbissen hin.

„Hier, für dich, mein Braver," lobte er.

Der Hund wusste nicht, wofür er belohnt wurde. Doch er öffnete widerstandslos das Maul und nahm die milde Gabe entgegen. Die beiden Hundebesitzer wechselten einen verständigenden Blick.

„Danke für Ihren Rat", sagte der Herr.

Die Dame nickte und wandte sich zum Gehen. Schon wollte sich der Hund enttäuscht auf seinen Platz unter dem Kirschbaum zurückziehen, als sie sich noch einmal umdrehte und dem Hund mit einem strahlenden Lächeln zurief:

„Auf Wiedersehen, mein Hübscher. Wir sehen uns bald wieder!"

Diese Verheißung, die der Hund zwar nicht in Worten, wohl aber mit dem Herzen verstand, löste eine Sturmflut bei dem Tier aus. Alle Dämme brachen. Aufgeregt stürmte er auf die Dame zu, die abwehrend die Hände vor sich hielt und „nicht so stürmisch!" rief, ihm aber dennoch die ersehnten Berührungen schenkte, so dass dem Hund ein wohliger Schauer durch den ganzen Körper lief. In seinem Kopf erschien eine Stimme, und diese Stimme sagte:

„Sie ist dein. Du bist ihr Hund. Folge ihr."

Von da an war es um den Hund geschehen.

≈

Tagaus, tagein wartete der Hund nun auf das Erscheinen der eleganten Dame. Sein Herr konnte sich in Ruhe seinen Pflanzen widmen, während der Hund scheinbar zufrieden unter dem Kirschbaum lag. Äußerlich ruhig, innerlich in Alarmbereitschaft, verharrte er so von morgens bis abends auf seinem angestammten Platz und träumte von einem anderen, einem erfüllteren Leben an der Seite der schönen Dame. Er stellte sich vor, wie sie zurück kam und ihn mit zu sich nach Hause nahm. Er sah sich neben ihr beim Spazieren gehen, weit hinten von den beiden Terriern gefolgt. Er spürte ihre warme Hand wohlig auf seinem Bauch, er sah ihr durchdringendes Lächeln, das allein ihm galt. In seiner Fantasie lag er abends vor ihrem Bett, wenn sie einschlief. Und er war da, wenn sie morgens erwachte. Sie schenkte ihm ihre Aufmerksamkeit, all ihre Zuneigung und Liebe. Es war das Paradies. Wenn er so dalag und vor sich hin träumte, entfuhr ihm ab und zu ein tiefer Seufzer, den sein Herr zu Recht als Wohlbefinden deutete, so dass sie nun beide in ihrer Lethargie zufrieden waren: Herr und Hund.

Nach einigen Tagen, die sie so im Garten verbracht hatten ohne einen Fuß vor die Tür zu setzen, stand überraschend sein Herr mit der Leine vor dem Hund, bereit auszugehen. Das Tier hob müde den Kopf und machte keine Anstalten aufzustehen.

„Na, komm schon!", rief der Herr. „Beweg dich. Ich habe eine Überraschung für dich."

Widerstandslos erhob sich der Hund und ließ sich anleinen. Mit hängendem Kopf trottete er seinem Herrn hinterher. Nachdem sie einige Straßen durchquert hatten, fiel ihm auf, dass er den Weg, den sie heute nahmen, noch nicht kannte. Das weckte seine Sinne. Aufmerksam blickte er sich um und streckte die Nase in die Luft. Eine Hoffnung keimte in ihm auf, eine Hoffnung, die nicht enttäuscht wurde. Denn nach einigen weiteren Straßenzügen witterte er einen Geruch, der ihm bekannt war: den Geruch der beiden Terrier der schönen Dame.

Freudig erregt beschleunigte er seine Schritte und bellte laut.

„Still!", mahnte sein Herr. „Wir sind gleich da."

Und richtig, nach einigen Metern standen sie vor einem großen Grundstück mit einem kleinen, gemütlich wirkenden Haus, das sich mit seiner dunkelblauen Farbe und den hübschen Fensterläden deutlich von den modernen Häusern in der Gegend unterschied. Auf der Terrasse lagen die beiden Terrier, die sich nun laut bellend erhoben. Einen Augenblick später trat ihre Besitzerin heraus und ermahnte die beiden, die wie immer sofort gehorchten. Als die Dame den Hund und seinen Herrn erkannte, hellte sich ihr Gesicht auf, und sie lief den beiden entgegen und bat sie in den Garten. Das Herz des Hundes schlug ihm bis zum Hals. Während ihn die beiden Terrier aus einigem

Abstand aufmerksam beobachten, hatte er nur Augen für die schöne Dame.

„Wenn ich es nicht besser wüsste, würde ich sagen, mein Hund ist verliebt", witzelte der Herr.

Worte, die der Dame ein Schmunzeln ins Gesicht zauberten, die der Hund jedoch nicht verstand. Was er jedoch sehr wohl verstand, war, dass er einen guten Eindruck machen wollte. Und deshalb setze er sich mit geradem Rücken ordentlich auf seine Hinterläufe und streckte elegant die Nase in die Luft. Dieses Gebaren verfehlte seine Wirkung nicht. Augenblicklich näherte sich die ersehnte Hand der schönen Dame, und der Hund, in Erwartung der ersehnten Streicheleinheiten, ließ sich auf den Rücken fallen und strecke die Beine von sich. Doch zu seiner Überraschung klatschte die Dame in die Hände und rief:

„Tasso, Bela, hierher!"

Die beiden Hunde spitzten kurz die Ohren und eilten herbei. Erwartungsvoll blickten sie ihre Gebieterin an.

„Brav," lobte sie und verteilte Streicheleinheiten an die beiden.

Sie warfen dem Hund triumphierende Blicke zu. Enttäuscht richtete sich der Hund auf und gab ein leises Winseln von sich. Statt der ersehnten liebkosenden Hand der Dame, erhielt er ein paar beschwichtigende Klapse seines Herrn, was von den beiden Terriern mit einem schadenfrohen Seitenblick quittiert wurde.

„Und nun, aufgepasst!", rief die elegante Dame.

Sie richtete sich zu voller Größe auf und hob den Zeigefinger. Vor ihr platzierten sich in kurzem Abstand gehorsam die beiden Terrier und blickten sie mit wachen Augen an.

„Das Schauspiel kann beginnen!", rief die Dame.

Herr und Hund starrten gebannt auf das Spektakel, das nun folgte. Mit kleinsten Gesten und kaum hörbaren Lauten gab die Dame ihren Untergebenen Befehle, welche diese anstandslos befolgten. Ließ die Dresseurin die Hand kreisen, rollten sich die beiden unterwürfig auf dem Rücken vor ihr auf und ab. Ein ausgestreckter Zeigefinger seiner Gebieterin, und Tasso stob mit wildem Eifer auf und davon, wendete nach einigen Metern abrupt und kehrte mit Anlauf zurück, um mit kühner Eleganz über seinen Gefährten zu springen, welcher in devoter Rückenlage auf dem Boden verharrte und toter Hund mimte.

Nach dieser Einlage holte die Dame einige Ringe hervor und streckte sie auf Kniehöhe vor sich. Augenscheinlich wussten die Dressurhunde genau, was von ihnen erwartet wurde. Denn sie nahmen ohne weiteren Befehl Anlauf und sprangen elegant und kraftvoll einer nach dem anderen durch die Ringe. Nach zwei weiteren Runden nahmen sie Schwanzwedelnd vor ihrem Frauchen Platz und ließen sich mit Leckerbissen belohnen, welche ihnen die Dame mit lobenden Worten entgegen streckte. Dann rief sie „Schluss!", und die Terrier stoben davon. Lächelnd kam sie auf den Herrn und seinen Hund zu.

„Wirklich beeindruckend", lobte der Herr. „Schade, dass sich mein Hund für so etwas nicht eignet."

„Aber wie kommen Sie denn darauf?", entrüstete sich die Dresseurin. „Diese Kunststücke sind sehr leicht erlernbar. Auch für Ihren Hund."

„Wirklich?", fragte der Herr ungläubig.

„Aber ja doch", lachte die Dame. „Sehen Sie!"

Und mit diesen Worten nahm sie einen Leckerbissen in die linke Hand und hob die Rechte hoch. Es war das Zeichen, das sie den beiden Terriern zu Anfang gegeben hatte, und der Hund erinnerte sich noch sehr gut daran. Er wusste, was von ihm erwartet wurde. Aber durfte er es auch tun? Fragend blickte er seinen Herren an. Nachdem er keinen Einwand vernehmen konnte, ließ er sich widerstandslos auf den Rücken fallen, legte die Vorderläufe an, streckte die Hinterläufe aus und rollte sich einige Male vor der schönen Dame auf dem Boden. Schließlich kam er wieder elegant zum Stehen, schüttelte das Gras aus seinem Fell und nahm mit erwartungsvollem Blick vor der Dresseurin Platz. Diese lobte ihn über alle Maßen und gab ihm seine Belohnung, die er stolz entgegen nahm.

Nun wandte sich die Dame vergnügt an den Herrn:

„Sehen Sie, wie einfach es ist. Ihr Hund frisst mir aus der Hand!"

„Ja, es ist erstaunlich", rief der Herr. „Bei mir würde er das niemals tun."

„Ihr Hund hat Talent. Bringen Sie ihn zu mir, und ich richte ihn für Sie ab. Sie werden Ihre Freude daran haben. Einverstanden?"

Auffordernd hielt sie ihm die Hand entgegen. Einen Augenblick lang zögerte er. Dann schlug ein.

„Einverstanden."

≈

Von nun an besuchte der Hund die schöne Dame und ihre Terrier regelmäßig, und sein Leben bekam einen völlig neuen Sinn. Die Lethargie der vergangenen Wochen und Monate war verflogen, und der Hund war beglückt von einer inneren Freude und Leichtigkeit, wie er sie nur aus seinen jungen Jahren kannte. Doch auch sein Gebaren veränderte sich. Denn er verwandte nun viel Aufmerksamkeit auf sein äußeres Erscheinungsbild. Täglich schleckte er sein Fell sauber, fraß nur noch wenig und auch nicht mehr ausnahmslos alles, was sein Herr ihm vorsetzte und trug überhaupt seine Nase hoch in der Luft.

Jeden Morgen drehte er seine Runden ums Haus, um beweglich zu bleiben und übte die Kunststücke, welche die Dame ihm beigebracht hatte, damit er später bei ihr punkten konnte. Was er in der Dressurschule lernte, erfüllte ihn mit Stolz. Es gab ihm das Gefühl, etwas Besonderes zu sein, zum einen wegen der Gunst der schönen Dame, zum anderen wegen seiner außergewöhnlichen Begabung zum Dressurhund. Und er war begabt! Begabt darin, hingebungsvoll alles zu tun, was die Dame ihm vorsetzte oder von ihm verlangte. Er apportierte, machte Männchen, rollte sich auf dem Boden, winselte, bellte, kauerte, duckte sich, sprang, wenn er es sollte und schaffte es so, jeglichen Eigenwillen lahm zu legen und komplett zu funktionieren. Sehr zur Freude seiner neuen Herrin! Denn so sah er die Dame: als seine neue Herrin! Er war sich sicher, dass sie sein wahres Talent, seine Einzigartigkeit, erkannt hatte und ihn früher oder später ganz zu sich holen würde. Dass ihn die beiden Terrier die ganze Zeit über misstrauisch beäugten und sich über ihn lustig machten, störte ihn kein bisschen. Denn er hielt sich für so besonders und auserwählt und er war so glücklich und beseelt von seinem neuen Leben, dass er auf beiden Augen blind war.

Eines allerdings bereitete ihm Missvergnügen. Und das war, dass egal, wie ausgezeichnet seine Darbietungen waren, ihn die Dame stets mit einem faden Hundekeks belohnte, während er sich wünschte, von ihr berührt und liebkost zu werden und zwar auf die gleiche tiefgehende Art und Weise, wie sie es bei ihren ersten Begegnungen getan hatte. Doch Berührungen dieser Art wurden selten, und der Hund musste sich immer neue Kunststücke einfallen lassen, um der Dame doch noch eine Streicheleinheit abzuringen. Die Terrier hingegen frohlockten.

≈

Eines Tages lag der Hund im Garten seines Herrn und beobachtete mit müden Augen ein Amselpaar, das fröhlich in den Beeten herum sprang und neben Würmern auch das Saatgut aus der Erde holte. Da ertönte plötzlich das aufgebrachte Geschrei seines Herrn, der mit den Armen wedelnd auf ihn zustürzte:

„Na los, fass die beiden!"

Fragend blickte der Hund seinen Herrn an. Etwas schien ihn aufzuregen, aber was? Er konnte es nicht deuten.

„Worauf wartest du, du dummer Hund!", rief sein Herr rot vor Zorn. „Schnapp dir die verdammten Viecher!"

Noch immer begriff der Hund nicht, was von ihm verlangt wurde. Er setzte sich in Alarmbereitschaft auf und blickte erwartungsvoll seinem Herrn entgegen. In der Zwischenzeit waren die beiden Vögel längst aufgeflogen und hatten das Weite gesucht. Nun trottete der Hund seinem Herrn entgegen und sah ihn mit großen Augen an. Dieser war so außer sich vor Wut, dass er lauthals schrie:

„Geh mir aus den Augen, du Nichtsnutz!"

Im Vorbeigehen schob er ihn zur Seite und stapfte in Richtung Gartenhaus davon. Geräuschvoll holte er einige Gartengeräte hervor und warf sie auf den Rasen. Dann machte er sich daran, das Beet zu bearbeiten. Der Hund trollte sich davon.

Er schlich sich in den vorderen Teil des Gartens und rollte sich in einer dunklen Ecke zusammen. Es war das zweite Mal, dass sein

Herr wütend auf ihn war wegen seines Gartens. Doch er verstand nicht, was er falsch gemacht hatte. Er verstand nicht, was aus dem freundlichen Mann geworden war, der ihn einst als Welpe so vergöttert und sich liebevoll um ihm gekümmert hatte. Der Mann, dessen ständiger Begleiter er die ersten Jahre gewesen war. Der Mann, der ihn über alle Maßen gelobt und vor anderen Hundebesitzern mit ihm angegeben hatte. Der Mann, der ihn gefüttert und versorgt hatte, und dessen Leben er mit seinem eigenen beschützt hätte, wenn es nötig gewesen wäre.

Traurig legte der Hund den Kopf auf die Vorderpfoten und starrte in den Himmel. Mit der Zeit wurde es dunkel, und er hörte, wie der Mann seine Arbeit im hinteren Teil des Gartens beendete und ins Haus ging. Also erhob auch er sich und wollte wie immer durch die Hundeklappe ins Haus. Doch die Klappe bewegte sich nicht. Vergeblich scharrte der Hund mit den Pfoten an dem unnachgiebigen Holz. Schließlich ließ er ein leises Winseln vernehmen. Als er begann, heftig an der Tür zu kratzen und laut zu bellen, hörte er, wie sich von drinnen energische Schritte näherten. Dann ertönte die Stimme seines Herren, die rief:

„Für Faulenzer ist hier kein Platz! Los, verschwinde!"

Der Hund schluckte. Er hatte verstanden, dass es für ihn heute keinen Einlass ins Haus geben würde. Mit traurigem Blick inspizierte er den Garten auf der Suche nach einem Schlafplatz. Doch etwas in ihm rebellierte. Etwas in ihm sagte, dass das Verhalten seines Herren eine himmelschreiende Ungerechtigkeit war, etwas, das er, der begabte Dressurhund der schönen Dame, sich nicht gefallen lassen durfte. Aus seiner Verzweiflung wurde Wut, und diese gab ihm die Kraft und Entschlossenheit, der es bedurfte, um mit vollem Tempo auf den Zaun zu zu stürmen und mit einem gewaltigen Sprung darüber zu setzen. Es war leichter, als er gedacht hatte. Vor ihm lag die Straße und mit ihr die Freiheit eines neuen Lebens. Doch wohin sollte er gehen? Darauf gab es nur eine Antwort.

Er ging den Weg, den er in den letzten Wochen so oft gegangen war, dass er ihn im Schlaf fand. Schließlich stand er vor dem Haus der schönen Dame. Es war bereits

Nacht, und im Haus war alles ruhig. Doch in einem Fenster im Erdgeschoss brannte noch Licht. Mit einem kräftigen Sprung setzte der Hund über den Zaun und rannte auf das erleuchtete Fenster zu. An der Hauswand stellte er sich auf die Hinterläufe und konnte so ins Innere des Hauses blicken. Da saß sie. Mit dem Rücken zu ihm am Tisch über eine Zeitung gebeugt. Der Hund stieß ein aufgeregtes Bellen aus. Die Dame drehte sich um. Ein erschrockener Ausdruck erschien auf ihrem Gesicht. Dann, als sie ihn erkannte, sprang sie von ihrem Sitz und eilte aus dem Raum. Der Hund rannte bellend zur Haustür, in der nun die Dame erschien, und tänzelte aufgeregt vor ihr auf und ab.

„Schon gut, mein Lieber", beruhigte sie ihn, während sie ihm mit sanften Händen das Fell streichelte. „Wo kommst du denn mitten in der Nacht her, hm?"

Besorgt blickte sie ihm in die Augen, so, als versuche sie feststellen, was ihn um diese Uhrzeit ganz allein zu ihrem Haus geführt hatte. Der Hund gab ein klägliches Winseln von sich. Die Freude bei ihr zu sein und die Aufregung aufgrund des Abenteuers, dessen Held er war, verwirrten seine Sinne.

Er wollte ihr von seinem Leid klagen, von der Ungerechtigkeit, die ihm widerfahren war. Er wollte alles in ihre Hände legen, von ihr getröstet und von ihr geliebt werden.

Und es wirkte. Besänftigend sprach die Dame auf ihn ein, flüsterte tröstende Worte in der Stille der Nacht, ließ ihre lang ersehnten, alles durchdringenden Hände auf seinem Körper kreisen, fuhr ihm in die Sinne, in die Zellen seines Daseins, berührte sein Innerstes, nahm seinen Schmerz, seine Vorfreude, seine Erwartungen, sein Sehnen und Verlangen in sich auf und verwandelte es in reine Hingabe, Freude und Ekstase. Es war himmlisch. Der Hund war weggetreten vor Glück. Sein bisheriges Leben ein ferner Traum. Vergangen. Für immer. Sein neues Leben begann jetzt. Und es war das Paradies.

Das glaubte er zumindest. Am Abend.

≈

Am nächsten Morgen wurde der Hund von einem leisen Knurren geweckt. Noch schlaftrunken öffnete er die Augen und wurde sofort in Alarmbereitschaft gesetzt. Vor ihm stand eine schwarzhaarige Bestie, die bedrohlich mit den Zähnen fletschte. Hinter dieser bemerkte er eine zweite ihrer Art. Schlagartig wurde ihm klar, dass er einen entscheidenden Fehler begangen hatte und dass es ihm jetzt an den Kragen ging. Ängstlich lugte er nach der Dame. Doch er konnte sie nirgends ausmachen. Mordlüstern umkreisten ihn die Terrier und begannen nach ihm zu schnappen. Schnell wie der Blitz war der Hund auf den Beinen und biss zurück, abwechselnd in die eine und in die andere Richtung. Plötzlich durchfuhr ihn ein scharfer Schmerz. Einer der Terrier hatte ihn am Hinterlauf erwischt. Panisch fuhr er herum. Nun gab es kein Halten mehr. Aus Verteidigung wurde Angriff. Die Hunde stürzten sich aufeinander und bissen haltlos darauf los.

Obwohl er die schneidenden Zähne seiner Gegner in seinem Fleisch spürte, fühlte der Hund keinen Schmerz. Er war selbst außer sich vor Raserei. Wie wild geworden, kreiste er um die eigene Achse und schnappte nach allem, was ihm vors Maul kam. Immer wieder schmeckte er Fell und Blut und hörte das Winseln und Jaulen seiner Aggressoren. In diesem Kampf ging es um

Leben und Tod. Und er war nicht bereit zu sterben.

Da ertönte auf einmal eine durchdringende Stimme, die sich vor Aufregung fast überschlug. Es war die Stimme der schönen Dame, die nun auf das wilde Hundeknäuel zustürzte und die Kontrahenten auseinander riss.

„Tasso, Bela, aus!", rief sie.

Als die beiden nicht gehorchten, holte sie mit der Rute aus und züchtigte sie. Das wirkte. Jaulend duckten sich die Terrier und verließen das Kampfgeschehen. Mit zitternder Stimme verwies die Dame die Hunde auf ihre Plätze. Mit eingezogenem Schwanz trollten sie sich davon und begannen ihre Wunden zu lecken. Die Dame sank zu Boden. Tränen liefen über ihre Wangen, während sie bekümmert die Verletzungen des Hundes untersuchte.

„Ist mit dir alles in Ordnung?", fragte sie.

Der Hund spürte ihre Trauer und ihr Entsetzen und wollte sie trösten. Seinen eigenen Schmerz fühlte er in diesem Moment nicht. Er schleckte ihr mit der Zunge übers Gesicht, und sie, die sich um ihn hatte kümmern wollten, lachte verzweifelt trotz der Tränen, die nun ungehalten aus ihren Augen strömten. Ein warmes Gefühl der Zuneigung überkam den Hund, ein Gefühl, das ihn schier überwältigte. Trotz der Schmerzen, die sich nun allmählich ihren Weg an die Oberfläche bahnten, fühlte er sich der Dame so unendlich nahe, dass ihm schier das Herz aufging. In diesem Moment wurde ihm klar, dass sie für immer eins sein würden.

Er wollte soeben seinen Kopf in ihren Schoß legen, als sie aufstand und mit besorgtem Blick zu den beiden Terriern eilte, die sie nun ebenso ausgiebig auf Verletzungen hin untersuchte, wie sie es vorher bei ihm getan hatte. Dieser Anblick weckte ein seltsames Gefühl in ihm, das ihn innerlich aufwühlte und unzufrieden machte. Noch ehe er ausmachen konnte, was es war, das ihm nicht gefiel, klingelte es an der Haustür.

„Ausgerechnet jetzt", seufzte die Dame, stand jedoch auf und ging öffnen.

Der Hund hatte das Gefühl im Boden zu versinken, als er seinen Herrn in der Tür stehen sah. Er warf einen Blick auf die Frau, einen Blick, der so leer war, wie sie ihm plötzlich fremd war. Es war nur eine Millisekunde, ein Tausendstel einer Sekunde. So lange dauerte es, dass der Faden, der sie bis dahin verbunden hatte, auseinander riss. Unhörbar. Still. Und dennoch schmerzhaft. Traumatisch für den Hund.

≈

In den nächsten Tagen gewährte eine Art Amnesie dem Hund die Gnade, das Vorgefallene zu vergessen. Vielleicht hatte er es auch nicht völlig vergessen, sondern nur verdrängt. Wer weiß schon so genau, wie Hunde wirklich ticken? Und speziell dieser Hund. Denn wenn man ihn nun, nachdem einige Zeit vergangen und seine Wunden bis auf zwei schmerzende Narben geheilt waren, im Garten der eleganten Dame seine Kunststücke vollführen sah, hätte man glauben können, dass es weder den Vorfall mit den Terriern noch den von ihm so empfundenen Verrat der Dame jemals gegeben hatte. Der Hund war zum Alltag zurück gekehrt, zu der Zeit, in der er emotionslos neben seinem Herrn dahin gelebt hatte und die Besuche bei der Dame die Höhepunkte seines Seins gewesen waren. Alles war wie vorher und doch nicht ganz. Denn seine Freude sie zu besuchen war nun gedämpft, begleitet von einer gewissen Vorsicht. Noch immer nahm er dankbar ihre Streicheinheiten entgegen, jedoch stets darauf vorbereitet, dass diese abrupt enden konnten. Und genau so war es. Die Dame bestimmte, wie viel und wann sie gab. Der Hund nahm, was er bekam und existierte einfach weiter.

Es gab Tage, da keimte die Hoffnung wieder in ihm auf. Die Hoffnung, dass alles wieder so sein könnte, wie in den Zeiten, als er sie bedingungslos geliebt und sich von ihr bedingungslos geliebt gefühlt hatte. Es geschah, wenn die beiden gemeinsam auf der Terrasse der Dame saßen und auf seinen Herren warteten, während die Terrier geschäftig im Garten herum sprangen. Dann kam sie zu ihm und schenkte ihm ihre ungeteilte Aufmerksamkeit. In diesen Momenten gab es nichts anderes zu tun, als zusammen zu sein und die Energie des jeweils anderen zu spüren. Geben und Nehmen. Er lag mit dem Kopf im Schoß der schönen Dame. Sie berührte zärtlich sein Fell.

Während die Sonne seinen Körper wärmte, wärmte ihre Hand sein Herz. Dann hörte er seinen Herren in den Garten kommen, erhob sich ohne weiteres Aufhebens und trottete folgsam nach Hause.

So hätte der Hund den Rest seines Lebens verbringen können. Weder glücklich, noch unglücklich. Ohne größere Katastrophen, mit kleinen Höhepunkten, aber eben nicht erfüllt. Doch wer sagt schon, dass der Hund ein Recht darauf hatte, ein erfülltes Leben zu führen? - Nun, da gab es tatsächlich etwas. Es gab eine Stimme in dem Hund. Eine leise Stimme, die zu manchen Zeiten laut wurde und zu anderen ganz verstummte, aber niemals ganz tot war. Es war die Stimme, die ihm einst seine Unzufriedenheit mit seinem Herren vor Augen geführt hatte. Es war die Stimme, die ihn angetrieben hatte, sich gegen dessen vermeintliche Gleichgültigkeit zur Wehr zu setzen. Dieser Stimme war er bei seinen Besuchen zu der Dame gefolgt, und diese Stimme bewahrte ihn nun davor völlig zu resignieren.

Dazu hätte er allen Grund gehabt. Denn eines nicht so schönen Frühlingsmorgens verstarb einer der beiden

Terrier der Dame. Dieses Ereignis feuerte in dem Hund zunächst erneut die Hoffnung an, nun doch wieder einen engeren Platz im Leben seiner Angebeteten einzunehmen. Doch bereits nach wenigen Tagen wurde klar, dass daraus nichts werden würde. Denn das Gegenteil war der Fall. Mit Feuereifer begab sich die Dame auf die Suche nach einem Ersatz für ihren tiefen Verlust, gewillt, diesen nicht nur zu ersetzen, sondern mehr als aufzuwiegen. Und so sah sich der Hund eines Tages konfrontiert mit einem Prachtexemplar von einem Hund, einem Dobermann, der vor Stolz und Brillanz nur so strotzte. Dieser edle Rassehund war so von sich überzeugt, dass er den Hund nicht eines Blickes würdigte, geschweige denn, dass er auf die Idee kam, ihn überhaupt als Konkurrenz zu empfinden. Und dazu hatte er auch allen Grund. Denn er war unübersehbar der neue Liebling der Dame. Er hatte alles, was sie in Entzücken versetzen konnte. Er war schlank, gelenkig, edel anzusehen, hatte enorme Sprungkraft, einen messerscharfen Verstand, einen ausgeprägten Beschützerinstinkt und, was der Dame am wichtigsten war: den unbedingten Willen zum Gehorsam.

Es war vorbei. Das Kapitel Dame und Hund war abgeschlossen. Und das Kapitel Herr und Hund? Keiner konnte die Zeit zurückdrehen. Der Herr nicht und auch der Hund nicht. Sie kannten sich, wussten, was sie voneinander erwarten konnten. Und dies gab ihnen eine gewisse Sicherheit, aber leider kein echtes Lebensgefühl mehr. So blieb ihnen nichts anderes übrig, als zu warten. Darauf, dass das Schicksal etwas änderte, oder dass einer von beiden gehen würde. Auf welche Art auch immer. Und dann kam es doch anders, als beide vielleicht vermutet hätten. Denn die Stimme mischte sich ein.

≈

Es war ein kühler Novembermorgen, an dem der Herr in aller Frühe mit seinem Hund einen Ausflug in einen fern gelegenen Wald unternahm. Diese ungewöhnliche Aktion hatte den Hintergrund, dass der Herr sich seit Monaten nicht gut gefühlt und sein Arzt ihm geraten hatte, sich ausgiebig zu bewegen, am besten an der frischen Waldluft. Also packte er den Hund in den Kofferraum und fuhr mit ihm zu einem weit entfernten Stausee, der von hohen Waldbäumen umgeben war. Als der Hund auf dem Parkplatz aus dem Auto sprang, witterte er etwas in der Luft. Es war ein Hauch von Freiheit, eine Frische, eine pulsierende Energie, etwas, das sein Herz höher schlagen ließ, so dass er aufgeregt umher sprang.

„Na, na, was hast du denn?", fragte sein Herr. „Beruhige dich doch. So kann ich dich gar nicht anleinen."

Mit Mühe nahm der Herr den Hund an die Leine. Aber dieser begann sofort aufgeregt daran zu ziehen, sodass der Herr alle Kraft aufwenden musste, um die Kontrolle zu behalten.

„Zieh doch nicht so!", rief er.

Doch der Hund konnte nicht anders. Dieser Ort hatte etwas Magisches. Eine tiefe Kraft, die ihm Vertrauen schenkte. Das Vertrauen angekommen und geborgen zu sein. Es war seltsam. Wie ein Wiederkehren an den Ort, der einmal sein Ursprung gewesen war. Er hatte nie darüber nachgedacht, woher er stammte. Jetzt erst wurde ihm klar, dass er zwar sein Leben bei dem Herrn verbracht hatte, aber nicht bei diesem geboren worden war. Es kam von irgendwoher, doch er hatte nicht gewusst, von wo. Nicht bis zu diesem Tag, zu diesem Moment, in dem die Erinnerung in ihm erwachte, eine Erinnerung, die so tief in seine Zellen eingebrannt war, dass nichts und niemand sie bisher hatte auslöschen können. Mit jedem Schritt, mit jedem Atemzug, den er von der herrlichen Luft nahm, wurde diese Erinnerung klarer und intensiver, wurde der Hund mehr eins mit der Natur, die ihn umgab. So zog er seinen Herrn immer tiefer in den Wald hinein, und der Herr folgte ihm, immer wieder bemüht, ihn in Zaum zu halten.

Plötzlich standen Herr und Hund vor einem wunderschön gelegenen Waldsee. Stille umgab sie. Eine Stille, wie sie nur an Orten in der Natur existiert, die unberührt von menschlichen Eingriffen und Besuchen sind. Dieser Ort war etwas Besonderes. Er war magisch. Sie spürten es beide. Erschöpft ließ der Herr sich auf einen umgestürzten Baumstamm nieder.

„Soll ich dich ableinen?", fragte er unsicher.

Folgsam nahm der Hund Platz. Die beiden blickten sich in die Augen. Es war, als sähen sie sich zum ersten Mal. Als erkannten sie plötzlich, mit wem sie so lange Zeit ihres Lebens verbracht hatten. Mit zitternder Hand löste der Herr das Halsband des Hundes. Der Hund blieb sitzen. Unsicher blickte der Herr sich um. Er fand einen Stock, hob ihn auf und warf ihn ins Wasser.

„Na los, apport!", forderte er den Hund auf.

Es war ein letzter Blick, den der Hund seinem Herrn zuwarf. Dann drehte er sich um und begann zu rennen. Er rannte, wie er schon lange nicht mehr gerannt war. So schnell, als ginge es um sein Leben.

„Wolf!", rief eine laute Stimme hinter ihm. „Wolf, komm zurück!"

Doch der Hund hörte sie nicht. In ihm war eine andere Stimme, die lauter war. Und diese Stimme sagte klar und bestimmt:

„Lauf!"

≈

Im Wald zu überleben war nicht einfach für den Hund, der sein Leben in Gesellschaft von Menschen verbracht hatte. Seine natürlichen Instinkte waren verkümmert. Wohl wusste er eine Wasserquelle ausfindig zu machen, wenn er Durst bekam und fand einen warmen Unterschlupf für die Nacht. Doch mit der Nahrungsbeschaffung sah es anders aus. Da er schnell und kräftig war, gelang es ihm hin und wieder ein Kaninchen zu erbeuten. Einmal fand er das Aas eines toten Rehs, das ihn einige Zeitlang über Wasser hielt. An vielen Tagen litt er jedoch Hunger. Und als es Winter wurde und Frost kam, kämpfte er mit der Kälte. Doch immer, wenn ihm das Leben im Wald hart erschien, war das Glück auf seiner Seite, und er fand irgendwie doch Unterschlupf und Nahrung, so dass er niemals wirklich in Lebensgefahr geriet. Wohl dachte er ab und zu an sein früheres Leben. Doch niemals sehnte er sich zurück in sein altes Zuhause. Er wusste, dass er angekommen war. Er war dort, wo er sein wollte. Er war glücklich.

So überstand er den Winter. Und nachdem er das geschafft hatte, wusste er, dass er die Feuertaufe überstanden hatte und nun keine Angst mehr haben würde. Er war fähig sein Leben zu leben, er allein. Er war frei und unabhängig. Er war er selbst.

In diesem Bewusstsein stand er eines Morgens am Ufer des Sees und trank. Da spürte er die Präsenz eines anderen Wesens in seiner Nähe. Zuerst stellten sich seine Nackenhaare auf. Doch gleichzeitig machte sich ein Gefühl tiefen Vertrauens in ihm breit. Er blickte sich um und erkannte ein vierbeiniges Wesen, das ihm zutiefst bekannt vorkam. Ungläubig starrte er es eine Zeitlang an, dann blickte er in den See, wo sich in etwa das gleiche Gesicht spiegelte.

„Sei gegrüßt", sagte die Wölfin, die nun näher zu ihm ans Wasser kam. „Was dagegen, wenn wir uns die Wasserstelle teilen?"

Er fing ihren Blick auf, fragend, aber nicht unterwürfig, freundlich, aber bestimmt. Sie war ihm ebenbürtig. Das war klar. Sie war wie er und doch anders. Fremd und doch vertraut. Sie stammte aus derselben Familie wie er. Sie war ein Wolf. Bereitwillig trat er zur Seite und machte ihr Platz.

„Ich bin gerade mit dem Trinken fertig."

Sie ging ans Ufer und nahm seinen Platz ein. Dann trank sie in aller Ruhe, während er sie aus einigen Schritten Entfernung beobachtete. Schließlich war sie fertig und wandte sich zum Gehen. Reglos blickte Wolf ihr hinterher. Ihr Gang war leichtfüßig und elegant. Sie war schon fast hinter dem nächsten Hügel verschwunden, als sie plötzlich stehen blieb und sich umdrehte. Der Blick, den sie ihm zuwarf, war unmissverständlich. Endlich erhob er sich und ging mit ruhigen Schritten auf sie zu. Als er sie erreichte, lächelte sie.

„Wohin gehen wir?", wollte er fragen.

Doch dann spürte er, dass es egal war, wohin sie gingen.

Prinz Feuer

In einem weit entfernten, exotischen Land lebte einmal ein Prinz mit dem Namen *Feuer*. Jener Prinz hatte alles, was ein Mensch sich nur wünschen konnte. Er war jung, schön und gebildet. Er wohnte in einem wunderschönen Schloss, in dem ihm ein ganzer Hofstaat zur Verfügung stand, um ihn von morgens bis abends zu bedienen. Der Vater des Prinzen war ein weiser und gerechter Herrscher, der von seinem Volk geachtet und verehrt werde.

Die Eltern des Prinzen liebten ihren Sohn über alle Maßen und gewährten ihm alle erdenklichen Freiheiten, die seinem Stand angemessen waren. Die meiste Zeit widmete der Prinz seinen Studien der Astronomie. Dazu hatte er sich ein herrlich ausgestattetes Planetarium errichten lassen mit einem mächtigen Teleskop, mit dem er Nacht für Nacht die Sterne beobachtete und Aufzeichnungen machte. Die renommiertesten Astronomen des Landes arbeiteten dort für ihn. Ihre Forschungen waren bis weit über die Landesgrenzen hinaus anerkannt.

Wenn der Prinz nicht studierte, liebte er es, mit seinem Ross über die Felder und Wiesen des Reiches zu galoppieren. Er war ein geschickter Reiter, denn er war von Kindesbeinen an an Pferde gewöhnt. Unter seiner Obhut wurden im königlichen Gestüt die schönsten und prächtigsten Pferde des Landes gezüchtet.

Seine beiden Leidenschaften hätten eigentlich ausgereicht für ein erfülltes und freudvolles Leben. Doch Prinz Feuer musste sich auch auf sein Amt als künftiger Herrscher des Landes vorbereiten. Und so erhielt er, seit er drei Jahre alt war, allabendlich Unterricht von seinem Vater, der ihn die Staatsgeschäfte von der Pike auf lehrte.

Eines Abends trat nun der König in die Gemächer des Prinzen und sprach:

„Mein Sohn, ich komme in einer ernsten Angelegenheit. Ich spüre, dass ich alt werde und meine Regierung sich dem Ende neigt. Es wird Zeit, dass du dir eine Frau suchst und meine Stelle einnimmst."

Die Worte seines Vaters kamen für den Prinzen sehr überraschend. Denn er hatte im Traum noch nicht daran gedacht, sein freies Leben als Prinz mit dem ernsten Leben eines Herrschers einzutauschen.

„Aber Vater", wehrte der Prinz ab. „Ihr seid doch noch jung, und das Volk braucht Euch."

„Mein Lieber, ich habe dir alles beigebracht, was ich weiß. Ich habe vollstes Vertrauen, dass du ein würdiger Nachfolger bist und das Glück deines Volkes mehren wirst. Morgen beginnen wir mit der Brautschau."

Die Worte seines Vaters waren so unmissverständlich, dass dem Prinzen nur übrig blieb, sich demütig vor ihm zu verneigen und seine Entscheidung zu akzeptieren.

≈

In den nächsten Wochen hatte der Prinz keine freie Minute mehr. Beinahe stündlich erschienen Gesandte der angrenzenden Königreiche und Fürstentümer mit den Grüßen und Aufwartungen ihrer Herrscher. Bilder der schönsten Prinzessinnen wurden dem Prinzen vor Augen geführt und seine Gemächer mit den kostbarsten Geschenken gefüllt: Feinste Teppiche, Möbel, Schmuck und zahlreiche Kunstgegenstände. Doch all dies interessierte den Prinzen nicht. Denn er fand an keiner der Kandidatinnen Gefallen. An jeder hatte er etwas anderes auszusetzen. Mal war die Nase zu groß, mal fand er die Zähne abstoßend. Mal war ihm die Dame zu füllig, mal war sie ihm zu klein. Schaffte es dennoch eine in die nähere Auswahl zu kommen und wurde dem Prinzen vorgestellt, so wandte er sich nach der Brautschau voller Abscheu an seine Eltern:

„Nein, diese nicht. Sie ist dumm. Ich kann unmöglich eine so dumme Frau an meiner Seite dulden."

Hatten der König und die Königin die Ablehnung des Prinzen anfangs noch mit viel Geduld und gutem Willen hingenommen, waren sie nun doch besorgt. Denn es waren inzwischen mehrere Monate ins Land gegangen, und eine Heiratskandidatin war noch immer nicht in Sicht. Wieder trat der König vor den Prinzen und sprach ein Machtwort:

„Mein Sohn, so kann es nicht weiter gehen. Es bleiben nicht mehr viele Prinzessinnen übrig, um den Platz an deiner

Seite einzunehmen. Die Königin und ich erwarten deine endgültige Entscheidung in zwei Wochen."

Der Prinz wollte protestieren und fiel vor seinem Vater auf die Knie:

„Mein lieber Vater! Habt Erbarmen", flehte er. „Ich träumte einst von einer schönen Frau, mit der ich glücklich sein würde. Ich erinnere mich genau an ihr Gesicht und würde sie unter Tausenden erkennen. Ich bitte Euch, gebt mir die Zeit diese eine zu finden. Dann will ich mich auch fügen und heiraten."

„Ein Traum, sagst du?", fragte der König misstrauisch. „Aber einen Traum kannst du nicht zum Altar führen."

„Ich bin sicher, dass es sie gibt. Sie kommt seit vielen Jahren des Nachts in meinen Träumen zu mir, um mir zu sagen, dass ich nach ihr suchen soll. Ich bitte Euch von Herzen mir zu vertrauen. Ich werde sie finden", bekniete der Jüngling seinen Vater.

Seufzend willigte der König ein:

„Zwei Wochen, dann gibt es keinen Aufschub mehr."

Mit diesem Worten verließ der König die Gemächer des Prinzen.

Nachdem sein Vater gegangen war, warf sich der Prinz zu Boden und flehte mit erhobenen Händen zum Himmel:

„Herr, ich bitte dich! Lass mich nicht im Stich! Gib mir ein Zeichen, wo ich meine Geliebte finde."

Sehnsuchtsvoll wandte er die Augen nach oben und verharrte in dieser Stellung. Doch es regte sich nichts. Der Prinz wiederholte sein Gebet, doch es blieb noch immer still. Dennoch gab er die Hoffnung nicht auf und flehte immer wieder zum Himmel um ein Zeichen. Nichts geschah. Schließlich sank er müde in sich zusammen und schlief auf dem harten Boden ein.

Als es Nacht wurde, betrat der jüngste Kammerdiener des Prinzen den Raum und fand diesen schlafend vor. Da er nicht wagte, seinen Herrn zu wecken, machte er Feuer im Kamin, bettete sein Haupt auf ein samtenes Kissen und bedeckte ihn mit einer warmen Decke. Dann schlich er auf Zehenspitzen aus der Kammer. Als es Mitternacht war, erwachte der Prinz. Schlaftrunken öffnete er die Augen und erblickte in den Flammen eine wunderschöne Frau, die ihn freundlich anlächelte.

„Träume ich, oder wache ich?", stammelte der Prinz ungläubig. „Du bist die Frau aus meinem Träumen!"

„Ja, mein Lieber", entgegnete die schöne Frau. „Ich bin Prinzessin Feuer."

„Oh, du wunderschöne Prinzessin, ich liebe dich schon so lange!", rief der Prinz. „Willst du meine Frau werden?"

Da wurde die Prinzessin sehr traurig und sagte:

„Mein Lieber, auch ich liebe dich. Denn ich bin wie du, und doch sind wir nicht gleich. Denn du bist ein Mensch und lebst in einem Schloss. Und ich bin Feuer und lebe im Feuer. Ich kann dich nicht heiraten. Denn wenn das Feuer erlischt, werde auch ich erlöschen."

„Das darf niemals geschehen!", rief der Prinz und sprang auf. „Ich werde dafür sorgen, dass das Feuer niemals ausgeht."

Er lief zu dem Vorratsstapel aus Holz und schaffte es zum Kamin. Stundenlang fütterte er damit das Feuer und wurde nicht satt, sich mit der wunderschönen Prinzessin zu unterhalten und in ihre tiefschwarzen Augen zu blicken. Doch als der Morgen nahte, wurde er so unerträglich müde, dass er nur kurz die Augen schließen wollte, um sich ein wenig zu erholen.

„Ich mache nur ein kleines Nickerchen", sagte er zu seiner Angetrauten und legte noch einige Scheite Holz ins Feuer. Sie sah ihn mit einem liebevollen Lächeln an und nickte verständnisvoll.

≈

Als er Stunden später erwachte, war es bereits Nachmittag. Erschrocken fuhr der Prinz von seinem Nachtgelage auf und sprang zum Kamin. Doch das Feuer war aus. Die Prinzessin war verschwunden. Heulend warf er sich auf die Knie und raufte sich die Haare. Dann begann er wie wild geworden in die kalte Asche zu pusten, legte Späne auf die Feuerstelle, holte frisches Holz und entzündete die Flamme erneut. Vergebens. Die Prinzessin war und blieb verschwunden. Schweren Herzens musste der Prinz einsehen, dass er sie verloren hatte.

Dennoch gab er die Hoffnung nicht auf. Wenn sie einmal erschienen ist, kann ich sie auch ein zweites Mal herbei rufen, dachte der Prinz. Seine Eltern, die nun wiederholt auf eine Entscheidung drängten, vertröstete er auf die nächsten Tage.

„Habt Geduld, liebe Eltern. Ich werde euch bald meine Gemahlin vorstellen. Wenn ich sie in zehn Tagen nicht gefunden habe, akzeptiere ich jede Wahl, die Ihr für mich treffen mögt", versprach er. „Nur um diese zehn Tage bitte ich Euch noch."

Schweren Herzens willigten die Königin und der König ein, denn sie wollten ihren Sohn gerne glücklich sehen. Und so gewährten sie ihm den von ihm geforderten Aufschub.

Prinz Feuer ließ sich nun von seinem Hofstaat riesige Mengen an Holz in seine Gemächer und in die angrenzenden Schuppen bringen. Jedes noch so kleine brennbare Stück wurde aus dem gesamten Schloss und den umliegenden Dörfern herbei geschafft und aufgestapelt. Die Bediensteten tuschelten hinter vorgehaltener Hand über das merkwürdige Verhalten ihres jungen Herren. Einige vermuteten, dass der Prinz dem Druck, der auf ihm lastete, nicht mehr gewachsen und verrückt geworden war. Und auch seine Eltern machten sich Sorgen um die geistige Gesundheit ihres Sohnes. Doch der Prinz wusste ganz genau, was er tat.

Als am dritten Tag nach seiner Begegnung mit der Prinzessin alles verfügbare Holz herbei geschafft worden war, begab er sich in seine Gemächer und warf sich in derselben Manier wie bei ersten Mal auf den Boden und betete. Wie zuvor schlief er irgendwann vor Erschöpfung ein. Auch dieses Mal fand ihn der Diener und bereitete sein Bett auf dem Boden. Doch als Prinz Feuer in der Nacht erwachte und erwartungsvoll in die Flammen starrte, sah er nichts als loderndes Feuer.

„Prinzessin!", rief er verzweifelt. „Wo bist du? Zeige dich! Ich bin es, dein Gemahl!"

Doch da war nichts als das knisternde Feuer und eine unsägliche Leere um den Prinzen herum. Trauer befiel ihn, und die Verzweiflung wollte sich seiner bemächtigen. Doch etwas in ihm wollte einfach nicht aufgeben. Ihm war es, als würde er die Stimme seiner Geliebten hören, die nach ihm rief:

„Ich bin hier. Ich warte auf dich. Komm zu mir!"

Und so wiederholte der Prinz seine Anrufung des Feuers von Abend zu Abend, von Nacht zu Nacht. Doch die Prinzessin zeigte sich nicht. Am Abend des zehnten Tages war der Prinz sehr traurig. Seine Eltern hatten bereits eine Gemahlin für ihn ausgewählt. Es war eine hübsche, kluge Prinzessin, die durchaus liebenswürdig und willens war, ihm eine gute Frau zu sein. Doch der Prinz hoffte noch immer, dass er der Prinzessin Feuer wieder begegnen und sie zu seiner Frau machen könnte. Deshalb warf er sich am Abend ein letztes Mal voller Inbrunst auf den Boden und betete mit all seiner Hingabe zum Himmel um das Erscheinen seiner Angebeteten. Hoffnungsvoll blickte er ins Feuer. Doch er sah sie nicht. Da füllten sich seine Augen mit Tränen und er weinte bitterlich.

„Mein Lieber", vernahm er da eine sanfte Stimme. „Warum weinst du? Was macht dich so traurig?"

„Prinzessin Feuer!", rief der Prinz voller Freude. „Meine geliebte Prinzessin! Du bist zurück. Oh, wie sehr habe ich dich vermisst. Ich hatte Angst, dass ich dich nie wiedersehe!"

Voller Leidenschaft stürmte der Prinz zum Kamin und griff hinein, um das Gesicht seiner Geliebten zu berühren. Da fing sein Ärmel Feuer, und ein furchtbarer Schmerz durchfuhr ihn. Er wich zurück und schlug wie wild auf die Flammen ein. So gelang es ihm, den Brand zu löschen, ehe er noch schlimmere Verbrennungen erlitt. Als er den ersten Schock verwunden hatte, sah er in das entsetzte Gesicht seiner Angebeteten, die sich in die hinterste Ecke des Kamins geflüchtet hatte.

„Ich bin gefährlich für dich. Du darfst mir nicht zu nahe kommen. Sonst töte ich dich. Es ist furchtbar!", rief sie voller Schmerz.

„Meine Geliebte", besänftigte sie der Prinz. „Hab keine Angst. Wir finden eine Lösung. Ich werde dich nicht gehen lassen."

Es ließ sich vor dem Feuer nieder und sah seiner Angebeteten lange in die Augen. So saßen sie stundenlang beieinander und erzählten sich ihr Leben. Der Prinz legte ein ums andere Scheit aufs Feuer und achtete darauf, dass es niemals ausging. Als sich das Holz in seinen Gemächern dem Ende neigte, rief er seine Bediensteten und wies sie an, den Nachschub aus den angrenzenden Gebäuden zu holen und alles, was brennbar und entbehrlich war, in seine Räume zu bringen.

Zuerst dachten die Bediensteten, dass sie nicht richtig gehört hätten und weigerten sich, dem Befehl des Prinzen zu folgen. Sie wollten sich beim König beschweren und ihm sagen, dass sein Sohn verrückt geworden war. Doch der König und die Königin waren am Morgen zu einer Reise in das Nachbarland ihrer künftigen Schwiegertochter aufgebrochen. Und nun lag die Befehlsgewalt allein in den Händen des Prinzen, der seinen Dienern bei Ungehorsam mit harter Strafe drohte.

So schafften sie schließlich alle Gegenstände, die verheizt werden konnten, in die Räume des Prinzen: Kostbare Eichentische, Stühle und Gestelle, Bilder, Teppiche, Kissen und Decken. Schließlich ganze Matratzen, Koffer, Vorhänge und Tischdecken. Alles, was nicht niet- und nagelfest und irgendwie brennbar war, wanderte in den Kamin des Prinzen, der sich an seiner schönen Prinzessin Feuer ergötzte.

Als schließlich das letzte Stück verheizt worden war, trat der Leibdiener des Prinzen auf den Plan und meldete:

„Mein werter Herr! Im ganzen Schloss und in der Umgebung gibt es kein einziges bewegliches Teil mehr, das verbrannt werden kann."

„Dann schaff mir etwas anderes herbei und zwar sofort!", rief der Prinz voller Zorn und Verzweiflung.

„Herr, das ist unmöglich", stotterte der Diener blass.

„Hinaus mit dir, du Nichtsnutz!", schrie der Prinz und schlug wie wild um sich.

Da packte den Diener das Entsetzen, und er verließ fluchtartig den Raum. Draußen alarmierte er die übrigen Schlossbewohner und teilte ihnen mit, dass der Prinz den Verstand verloren habe und gefährlich sei. Zu ihrer aller Sicherheit sei es das beste, das Schloss zu verlassen. Gesagt, getan. Die Bediensteten packten eilig ihre Habseligkeiten zusammen und begaben sich in das angrenzende Gesindegebäude. Von dort aus beobachteten sie mit großer Sorge durch die Fenster des Schlosses, wie der Prinz im Hause auf und ab rannte und die allerletzten beweglichen Gegenstände, zu denen auch das Hab und Gut seiner Eltern gehörte, durch die Räume in seine Gemächer trug. Unermüdlich stieg weißer Rauch aus dem Kamin. Nach einer Weile herrschte Ruhe von dem geschäftigen Treiben. Allen Anschein nach gab es nun nichts mehr, das dem Prinzen noch als Brennmaterial gedient hätte.

Die Diener wollten schon aufatmen, doch da hörten auf einmal ein lautes Splittern und Klopfen und sahen, wie der Prinz mit einer Axt die Türen aus dem Schlosse spaltete und auch vor den Türstürzen nicht halt machte. Danach folgten die kostbaren Holzvertäfelungen, welche die Wände seit Jahrhunderten zierten. Schließlich verhallte auch das Klopfen, und eine gespenstische Stille trat ein. Auf einmal deutete die Köchin entsetzt zum Dach.

„Da!", stieß sie mit vorgehaltener Hand hervor. „Das Dach brennt."

Und tatsächlich. Aus den Ziegeln schlugen bereits helle Flammen, und in Windeseile stand der ganze Dachstuhl in Brand. Keiner der Anwesenden wagte sich zu rühren.

„Müssen wir ihm nicht helfen?", fragte da eine leise Stimme.

Es war der junge Kammerdiener, der einst seinen Herrn vor dem nächtlichen Kamin so liebevoll umsorgt hatte. Der Hofmarschall schüttelte traurig den Kopf.

„Dem kann keiner mehr helfen", seufzte er.

≈

Nachtrag:

An Neujahr des Jahres 2016 fand die örtliche Feuerwehr einen jungen Mann in den Ruinen seines Hauses. Das Haus war über Nacht bis auf die Grundmauern abgebrannt. Wie durch ein Wunder hatte der Mann überlebt und wurde zunächst ins Krankenhaus gebracht. Dort stellte man seine körperliche Unversehrtheit fest. Doch er konnte weder Angaben zu seiner Person machen, noch erinnerte er sich an einen Brand. Als offensichtlich wurde, dass der Mann geistig verwirrt war, schickte man ihn in die Nervenheilanstalt, wo er den Rest seines Lebens verbrachte. Von den anderen Mitbewohnern erhielt er den Namen *Prinz*

Feuer. Denn wenn an kalten Wintertagen der große Kamin im Gemeinschaftsraum geheizt wurde, wurde der junge Mann immer ganz aufgeregt. Dann sicherte er sich seinen Platz in dem großen Sessel direkt vor dem Feuer, vor dem er stundenlang saß und „Prinzessin, … Prinzessin Feuer" murmelte.

Ediths Glück

Als Edith an diesem Tag, einem Samstag im November, der gleichzeitig ihr 33. Geburtstag war, in Tränen ausbrach, wusste sie, dass etwas geschehen musste. Schon lange hatte sie das Gefühl, dass sie sich über nichts mehr freuen konnte. Doch heute, nachdem der letzte Gast das Haus verlassen hatte, konnte sie nur noch erschöpft in den Sessel sinken und weinen. Und da wurde ihr klar, dass sie an einer Depression litt.

Von oben hörte sie die Stimmen der Kinder, die Henrik heute ins Bett brachte. Normalerweise war das allein ihr Job. Ihre Familie war ihr Leben, ihr Ein und Alles. Aber trotzdem hatte sie seit einigen Monaten immer öfter das Gefühl, dass sie nur noch funktionierte, nur noch Pflichten erfüllte. Morgens fiel es ihr immer schwerer aufzustehen. Jeder Tag schien gleich zu sein. War er geschafft, war sie einfach nur froh. Am liebsten wollte sie nur noch schlafen. Wären da nicht diese Schlafstörungen gewesen, die wirklich immer schlimmer wurden. Warum merkte sie erst jetzt, wie schlecht es ihr ging? Warum erzählte sie

Henrik nichts davon, obwohl er doch ihr Mann war? Was empfand sie überhaupt für ihn, für irgendwen? Ihr wurde flau im Magen. Sie schüttelte den Kopf. Etwas stimmte nicht mit ihr. Angestrengt horchte sie in sich hinein. Sie wollte etwas fühlen, sie musste etwas fühlen, doch sie fühlte nichts. Sie war krank, innerlich leer.

Plötzlich waren ihre Knochen schwer wie Blei. Mühselig erhob sie sich aus ihrem Sessel. Im Flur nahm sie den Mantel vom Haken und schlüpfte ohne nachzudenken in die Erdverschmierten, rot geblümten Gartenstiefel. Als die Haustür ins Schloss fiel, glaubte sie von oben Erics Stimme zu hören. Ein Schritt weiter, und die nächtliche Stille der Straße umfing sie. Ihre Lungen füllten sich mit kühler Novemberluft und entließen diffuse Rauchwolken in die Dunkelheit.

≈

Lili wusste nur eines. Sie liebte Johannes. Und sie konnte ohne ihn nicht leben. Sie gehörten zusammen. Es war so offensichtlich. Warum wusste er das nicht? Er sagte, er liebe sie nicht mehr. Nicht mehr? Also hatte er sie geliebt und dann? Was war passiert? WANN war es passiert? Irgendwann hatte er ihre gemeinsame Liebe verloren. Aber warum? Was hatte sie falsch gemacht?

Ein erneuter Weinkrampf überkam sie und schüttelte ihren kleinen, zarten Körper. Was sollte sie jetzt tun? Sie wäre gerne in ihre Wohnung zurückgekehrt. Aber sie wusste, dass das nicht ging. Niemand wartete dort auf sie. Nur Leere und Dunkelheit. Und egal, wohin sie jetzt auch gehen würde, dort wäre es genauso. Ob sie unter Menschen war oder nicht, es war gleichgültig. Sie war allein, solange Johannes nicht bei ihr war. Und so würde es von nun an bleiben. Für immer. Erneut packte sie der Schmerz. Dieser unerträgliche Schmerz in ihrem Inneren, der an ihr zerrte und sie zerriss. Sie wollte nur noch, dass es aufhörte. Dass sie sich wieder geborgen fühlte. Aber es gab kein Zurück. Es gab keine Möglichkeit zu entkommen. Außer... vielleicht... Alles drehte sich. Ihre Gedanken kreisten wie verrückt. Johannes und Lili. Lili und Johannes. Johannes und... Lili ... Lili und... Lilli...

„Ich will nach Hause!", schrie es in ihr.

≈

Irgendwann, Edith wusste nicht mehr, wie lange sie gelaufen war, kam sie zu der Bank am Fluss. Erschöpft ließ sie sich auf den eiskalten, harten Holzplanken nieder und fing augenblicklich an zu zittern. Sie zog die Knie ans Kinn und wickelte ihren Mantel so gut es ging um ihren frierenden Körper. Die Oberfläche des Flusses glitt sanft im leisen Mondlicht dahin. Es war ein guter Ort, um nachzudenken. Etwas musste sich ändern. Sie wollte ihr Leben wieder fühlen können. Sie wollte wieder die Freude empfinden können wie damals als 19jährige, als sie ihr Abiturzeugnis in der Hand hielt und die Welt ihr offen stand. Sie wollte wieder mit zitternden Knien darauf warten, dass jemand, dem sie tief in die Augen blickte, sie küsste.

Plötzlich raschelte es unter ihr. Ein kleines, schwarzes Etwas huschte unter der Bank hervor und verschwand in Windeseile im Wasser. Edith blickte auf. Sie erschrak. Da stand jemand. Oben auf der Brücke. Eine schmale Gestalt, die nun versuchte, auf die Brüstung zu klettern. Edith hielt den Atem an. Die Gestalt stand einige Sekunden lang reglos da, dann breitete sie die Arme aus und…

„Nein!", ein erstickter Laut glitt aus Ediths Kehle und hallte dumpf unter der Brücke wider. Dann, ein leises Klatschen im Wasser, und die Gestalt war verschwunden. Edith sprang auf und rannte ans Ufer. Angestrengt suchten ihre Augen die Oberfläche des Flusses ab. Von dem Menschen auf der Brücke war nichts mehr zu sehen.

Da, etwas trieb im Wasser! Aufgeregt blickte Edith sich um. Im schwachen Schimmer des Mondlichts erkannte sie einen dunklen, gewundenen Ast, der neben ihr im Gras lag. Sie griff danach. Er war kalt und glitschig. Das Ding im Wasser war nur noch wenige Zentimeter von ihr entfernt. Während ihre Füße Halt suchten, ging sie so nah wie möglich heran und schlug mit dem Ast nach dem Gegenstand, in dem sie nun eine Flasche zu erkennen glaubte.

≈

Ein anderer Ort, einige Zeit später.

Über eine Stunde saß sie nun schon in dieser menschenleeren Imbissbude. Vor ihr stand unberührt der Kaffee, den sie sich vor einer Weile geholt hatte. Daneben lag der Brief. Ein verloren geglaubtes Gefühl erwachte in Edith. Schmerz. Süßer Schmerz. Sie spürte den Kloß im Hals. Das trockene Gefühl, als sie ihn hinunterwürgte. Wieder las sie die Zeilen, die sie aus der nassen Flasche gefischt hatte, Zeilen, die nicht für sie bestimmt waren:

„Einst war der Himmel mir so nah, dass ich ihn fast berühren konnte.

Einst schwebte ich durchs All. Ich konnte zaubern.

Nun ist der Flug vorbei. Die Flügel sind versengt, denn meine Seele stirbt."

Edith las nicht weiter. Sie kannte den Inhalt inzwischen. Sie hatte den Brief ein Dutzend Mal gelesen. Sie wusste, wie er endete. Die Tiefe der Gefühle, die aus diesen Zeilen sprach, erschreckte sie. Und dennoch beneidete sie den Menschen, der sie geschrieben hatte, um seine Echtheit und um die schmerzhafte Intensität seiner Gefühle.

Hatte sie für Henrik je so empfunden? Hatte er sie jemals so geliebt? Sie hatten so mühelos zueinander gefunden. Es gab kein großes Drama, keinen großen Liebesschmerz. Sie hatte nie verstanden, dass Menschen für ihre Liebe in den Tod gingen. Doch was, wenn nicht ein Abschiedsbrief, waren die Zeilen, die vor ihr lagen? Dennoch war das Mädchen nicht gesprungen. Wenn sie nur wüsste, wer sie war. Wenn sie nur mit ihr reden könnte. Doch, was wollte sie ihr sagen? Dass es sich nicht lohnte, für die Liebe zu sterben? Dass ihr Leid eines Tages vorbei, ihre Gefühle vergessen sein würden und sie dann vielleicht so gefühlskalt, so leer sein würde wie sie selbst? War das ein lohnenswertes Ziel?

Augenblicklich musste sie an ihre Kinder denken. Wie lange würde es noch dauern, bis Jan oder Eric sich das erste Mal verliebten? Und wenn sie so leiden würden wie diese junge Frau? Plötzlich erwachte in ihr der heftige Wunsch, ihre Kinder zu sehen, sie in den Arm zu nehmen, und die Wärme ihres Atems zu spüren. Sie blickte auf die Uhr. Es war kurz vor eins. Henrik war sicher schon verrückt vor Sorge um sie. Wie konnte sie nur ohne ein Wort aus dem Haus laufen? Was hatte Henrik ihr getan, dass sie ihm gegenüber so grausam war? Glaubte sie, dass er sie nicht liebte, nur weil er sie nie enttäuscht, sie nie verlassen hatte? Wie dumm sie doch war! Rasch nahm sie den Brief vom Tisch. Plötzlich hatte sie es furchtbar eilig, nach Hause zu kommen. Sie zahlte und lief zur Tür hinaus.

Doch schon beim ersten Schritt, den sie auf das Pflaster setzte, kamen ihre Zweifel zurück. Sie würde zurückkehren, und nichts würde sich ändern. Niemals.

Es waren ihre letzten Gedanken, ehe die Luft von einem grausamen Lärm erfüllt wurde. Eine riesige Druckwelle erfasste ihren Körper (zumindest schien es ihr so) und schleuderte ihn einige Meter weit durch die Luft. Er drehte sich in atemberaubendem Tempo einige Male um die eigene Achse, ehe er nahe der Tür der Imbissbude, die Edith soeben verlassen hatte, liegen blieb. Dann gingen Ediths Lichter aus.

≈

Ein kleines Männlein erschien in der Dunkelheit. Es zündete ein Streichholz an und blickte sich suchend um. Auf dem Kopf trug es eine rote Mütze. Als das Licht heller wurde, erkannte Edith, dass auch sein kleiner Körper in ein seltsames, rotes Mäntelchen gehüllt war. Der Kleine runzelte die Stirn. Dann erblickte er Edith, und seine Miene hellte sich auf.

„Ah, da bist du ja! Wie geht es dir?", fragte er mit mitleidiger Stimme.

„Mhm, mhm", röchelte Edith.

Ein Fragezeichen erschien auf der Stirn des Zwerges.

„Schmerzen", presste Edith mit einiger Anstrengung hervor.

Der Zwerg nickte wissend.

„Keine Sorge, es wird gleich besser", versicherte er. „Meine Freunde helfen dir. Autsch!"

Fluchend ließ er das Streichholz fallen. Gleich darauf flammten an verschiedenen Stellen mehrere Lämpchen auf.

„Elektrisches Licht", erklärte der Kleine. „Ah, da kommen sie schon!"

Im Hintergrund tauchten zwei weitere Zwerge auf, die gemeinsam etwas trugen, das wie ein Baum aussah. Die beiden mühten sich redlich mit ihrer schweren Last ab.

„Doch nicht hier entlang, Ihr Idioten", schimpfte der Erste. „Ihr solltet das Ding doch abliefern, bevor Ihr hier auftaucht! Jetzt kann sie es ja sehen."

Die zwei anderen blieben verlegen stehen und machten ein belämmertes Gesicht. Inzwischen erkannte Edith, dass das, was zwischen ihnen hing, keineswegs ein Baum war, wie sie zuerst vermutet hatte, sondern ein Bein. Ein menschliches Bein, das ihr zudem sehr bekannt vorkam, da es sich um ihr eigenes Bein handelte. Die Zwerge blickten sie betroffen an. Da fing Edith an zu schreien. Sie schrie, so laut sie konnte, so laut, wie sie noch nie in ihrem Leben geschrien hatte.

≈

Als Edith das erste Mal aufwachte, war alles, was sie fühlte, Schmerz. Ihr Körper bestand nicht mehr aus Oben und Unten, geschweige denn aus Armen, Beinen, Rumpf und Kopf. Er war zu einer breiigen Masse geworden, und diese Masse hieß Schmerz. Sie schloss die Augen und fiel erneut in einen tiefen bewusstlosen Schlaf, der fast ein halbes Zwergenleben dauerte.

Das nächste Mal, als sie erwachte, war es ein alt bekannter Duft, der Edith schier in den Wahnsinn trieb.

„Kaffee", krächzte sie.

Sie hätte alles gegeben für eine Tasse heißen, schwarzen Kaffee. Sie witterte seinen verführerischen Duft, sah ihn endlose Krankenhausgänge entlang kriechen, die Ritzen ihrer Tür durchdringen und dann vor ihrem Bett halt machen, als befände sie sich hinter einer unsichtbaren, undurchdringlichen Glasscheibe. Der Mann an ihrem Bett tätschelte beruhigend ihre Hand.

≈

Als die Patienten an diesem Dienstagmorgen pünktlich wie immer um 9 Uhr die Räume der krankengymnastischen Abteilung des Krankenhauses betraten (was ihr gutes Recht war), schoss einigen die Schamröte ins Gesicht. Die beiden in Flagranti ertappten Liebenden jedoch, rangen sich nur ein schelmisches Lächeln ab, rückten die verrutschte Arbeitskleidung zurecht und verabschiedeten sich mit einem langen Kuss und dem Versprechen, Versäumtes nachzuholen.

Nachdem die Tür ins Schloss gefallen und Pfleger Johannes auf seine Station geeilt war, wandte sich die Therapeutin endlich ihren verlegen wartenden Patienten zu. Sie war eindeutig die beste Krankengymnastin in dieser Stadt. Und was die meisten an ihr bewunderten, waren ihre strenge Unnachgiebigkeit, ihre ausgefallenen therapeutischen Maßnahmen und ihre über alle Maßen hohe Erfolgsquote bei der Behandlung so genannter hoffnungsloser Fälle. Der eigentliche Grund aber, weshalb sie von ihren Patienten regelrecht vergöttert wurde, war der, dass sie der sympathischste, fröhlichste und Energiegeladenste Mensch war, dem die meisten in ihrem Leben je begegnet waren. Es gab ausnahmslos keinen einzigen Patienten, den sie nicht wieder zum Laufen und damit zurück ins Leben gebracht hätte. Aus ihrem Inneren schien ein nie enden zu wollendes Licht zu strömen. Viele kamen auch nach Abschluss der eigentlichen Behandlung wieder und wieder, um sich für die Dauer von nur wenigen Minuten in diesem Licht sonnen zu können.

≈

Während sie noch in der Praxis arbeitete, bereitete Johannes zuhause alles für Ediths Überraschungsparty vor. Er freute sich, dass Eric und Jan zugesagt hatten. Und sogar Henrik hatte versprochen zu kommen. Wie gut sich die Dinge am Ende doch gefügt hatten! Johannes dachte ungern an die Szenen im Krankenhaus zurück, als er Edith, die damals noch Patientin und nicht Therapeutin gewesen war, die Sache mit dem Bein beibringen musste. Dabei war er zu diesem Zeitpunkt schon unsterblich in sie verliebt gewesen, obwohl er den Ring an ihrem Finger gesehen hatte. Er konnte nichts dafür. Es war der Brief, den sie bei sich gehabt hatte. Der Brief, in dem stand, dass sie Schluss machen wollte, dass ihre Liebe für immer verloren war. Er hatte ihr nie gestanden, dass er ihn gelesen hatte. Heimlich. An dem Tag, an dem sie diese halb tote Patientin eingeliefert und ihr Bein amputiert hatten. Aber es war die Tiefe jener

Gefühle gewesen, die sie beschrieben hatte, die ihn sofort magnetisiert hatte. Er wusste, dass sie die einzige Frau für ihn war. Und er hatte Recht behalten.

Es klingelte. Der erste Gast war da. Johannes lächelte zufrieden. Alles war bereit. In wenigen Minuten würde auch Edith nichts ahnend eintreffen. Er hoffte, dass die Party ein Erfolg werden würde.

Es war ein Samstag im November, an dem Edith ihren 40. Geburtstag feierte. Und sie war so glücklich wie nie zuvor in ihrem Leben.

Die Traumfängerin

Sie war jung, gerade mal sechzehn, als sie Leo begegnete. Doch sie wusste sofort, dass dies der Mann ihres Lebens war. Als Elisa die Stufen der Bibliothek hinabstieg, beladen mit dem Stapel Bücher, die sie für ihre Schularbeit zusammen gesucht hatte, sah sie direkt in seine durchdringenden, azurblauen Augen. Fast wäre sie gestolpert, so tief traf sie sein Blick. Ein Blick, der vor ihrem Innersten nicht halt machte und sich in Sekundenschnelle seinen Weg direkt zu ihrem Herzen bahnte.

Verwirrt drehte sie sich nach ihm um und sah ihn gerade noch durch die Tür der Bibliothek verschwinden. Sie hielt inne. Was sollte sie tun? Sollte sie ihm folgen? Oder sollte sie es dem Schicksal überlassen, sie wieder zusammen zu führen? Sie war auf diese Begegnung nicht vorbereitet. In ihrem Kopf arbeitete es fieberhaft. Sie musste sich entscheiden. Und zwar schnell. In einer halben Stunde sollte sie zurück in der Schule sein. Ihr Blick glitt an ihrem Körper hinab. Immerhin, ihr Outfit ließ heute nichts zu wünschen übrig. Entschlossen machte sie kehrt und stieg die Treppenstufen hoch.

Sie war noch nicht durch die Tür hindurch, da sah sie ihn bereits durch die Glasscheiben im Foyer stehen. Unsicher blickte er sich um. Zielstrebig ging Elisa auf ihn zu:

„Suchst du was?"

Wieder diese durchdringenden Augen. Doch dieses Mal wandte er sich ihr bewusst zu.

„Ja, ich...", begann er. „Arbeitest du hier?"

Elisa überlegte, was sie antworten sollte.

„Gerade nicht. Aber ich bin jeden Tag hier."

Und so begann die erste wundervolle Liebesbeziehung ihres Lebens, für die Elisa alles gegeben hätte. Alles, wenn sie nur nicht gewusst hätte, was sie niemals hätte wissen sollen.

≈

Eine besondere Gabe zu besitzen, kann für einen Menschen auch ein Fluch sein. Bei Elisa war es so, denn sie hatte so eine Gabe. Doch sie ahnte es nicht. Nicht bis zu dieser alles verändernden Nacht, die ihr Leben komplett auf den Kopf stellte, acht Monate nachdem sie Leo kennen gelernt hatte. In diesen acht Monaten war Elisa mit Leo im siebten Himmel der Liebe. Wenn sie sich jemals vorgestellt hatte, wie wundervoll das Leben an der Seite eines Mannes sein konnte, so wurden all ihre Erwartungen übertroffen.

Leo war zärtlich, liebevoll, er war aufmerksam und witzig. Er hatte Phantasie, war begeisterungsfähig und überraschte sie stets aufs Neue. Er war zuverlässig, treu, ehrlich, er war ein Traum. Ihre Eltern mochten ihn, und er mochte sie. Und auch Elisa wurde in seiner Familie mit offenen Armen aufgenommen. Sie waren das Traumpaar in den Augen ihrer Freunde. Alles war perfekt. Fast alles.

Denn die Gabe, Elisas besondere Gabe, entschied sich just in dem Moment ihres Lebens, in dem Elisa vor Glück hätte bersten können, auf den Plan zu treten. Und der Weg, den sie dafür gewählt hatte, war ein Traum. In diesem Traum, der so lebendig und plastisch vor Elisas innerem Auge erschien, als wäre er das echte Leben, sah sie sich gemeinsam mit Leo älter werden. Vieles verlief so, wie sie sich ihre Zukunft mit ihm schon so manches Mal vorgestellt hatte. Die beiden beendeten die Schule, studierten zusammen, nahmen sich eine gemeinsame Wohnung und hatten Spaß. Sie reisten, liebten sich, waren beruflich erfolgreich und liebten sich noch immer. Schließlich gründeten sie eine Familie. Und noch immer war die Liebe zwischen ihnen da wie am ersten Tag. Es war ein erfüllendes und harmonisches Leben, das da vor Elisas innerem Auge ablief und Gestalt annahm. Sie sah die Stadt, in die sie als Studenten ziehen würden. Es war London. Sie sah, dass Leo ein erfolgreicher Architekt werden würde und dass sie nicht minder erfolgreich als Fotografin war. Ihren ersten gemeinsamen Urlaub verbrachten sie auf einem Zeltplatz in Südfrankreich. Ihre Kinder hießen Sam, Jane und Tommy. Das Haus, in dem sie später als Familie lebten, war ein liebevoll renovierter Bauernhof auf dem Land. Im Hintergrund erblickte Elisa hohe Berge, und rund ums Haus wuchsen wunderschöne, alte Bäume. Einen Bauerngarten gab es auch.

Und wo war nun das Problem an dieser Zukunftsvision? – Das Problem war der Tod. Nicht Elisas Tod, nicht der ihrer Kinder oder ihrer Eltern, sondern Leos Tod. Sie sah das Auto, das an dem großen Baum neben der einsamen Landstraße klebte, sah das Blaulicht der Feuerwehr und des Rettungswagens, sah die gaffende Menschenmenge und schließlich sah sie sich selbst. Ihr entsetztes Gesicht, ihr rasendes Geschrei, die Notärztin, die beruhigend die Arme um sie legte, doch sie konnte sich nicht beruhigen. Sie war außer sich. Außer sich vor Schmerz und Raserei. Und diesen Schmerz konnte sie leibhaftig spüren. Sie spürte ihn, obwohl sie träumte, so deutlich, als gäbe es keinen Unterschied zwischen Traum und Wirklichkeit. Schweißnass gebadet erwachte sie. Als ihr bewusst wurde, wo sie war, ging sie mit zitternden Knien ins Bad und schöpfte sich kaltes Wasser ins Gesicht. Sie fröstelte. Ihr ganzer Körper vibrierte. Sie konnte sich kaum auf den Beinen halten. Erschöpft schlüpfte sie zurück ins Bett.

≈

Am nächsten Morgen war Elisa krank. Sie fühlte sich elend. So als habe eine unsichtbare Macht über Nacht all ihre Lebensfreude aus ihr herausgesaugt. Ihre Mutter kam und erschrak. Sie rief den Arzt, der eine Grippe diagnostizierte und Elisa Bettruhe verordnete. Als Leo erschien, konnte sie ihm kaum in die Augen sehen. Sie wagte es nicht, ihm von ihren beunruhigenden Visionen zu erzählen. Als sie es schließlich doch tat, lachte er. Dann versuchte er, sie zu beruhigen. Das Ganze war nur ein Traum. Er hatte doch gar nicht vor, Architektur zu studieren. Und schon gar nicht wollte er ins Ausland gehen und dort leben.

„Komm schon, Elisa", flüsterte Leo beschwichtigend. „Vergiss den schlimmen Traum. Uns beide bringt nichts auseinander. Ich verspreche es dir."

Liebevoll legte er seinen Arm um Elisa, eine Geste, die sie normalerweise genoss. Sie drückte sich an ihn, doch sie konnte sich nicht fallen lassen. Der Schock saß zu tief in ihren Knochen. Wie konnte ein Traum sie nur dermaßen erschüttern?

Die Zeit verging, und Elisa versuchte zu vergessen. In manchen Momenten gelang es ihr, mit Leo wieder dieselbe Unbeschwertheit wie am Anfang zu leben. Doch immer öfter sorgte sie sich um ihn, ermahnte ihn zur Vorsicht, wollte wissen, wo er sich Abends herum trieb, drängte ihn, sich öfter zu melden und keine Risiken einzugehen. Ihr Kontrollzwang belastete die Beziehung.

Eines Tages erschien Leo und machte ein bedrücktes Gesicht.

„Was ist los?", fragte Elisa alarmiert.

Wortlos reichte er ihr den Umschlag. Er kam von der Bartelett School of Architecture, London. Mit offenem Mund starrte sie Leo an.

„Das ist nicht wahr! Sag, dass das nicht wahr ist!"

Leo schüttelte bedauernd den Kopf. Elisa sprang auf.

„Du hast dich in London beworben? Und ausgerechnet Architektur!"

Beschwichtigend hob er die Hände.

„Jetzt beruhige dich! Es war eigentlich nur ein Versuch, nachdem die anderen Unis abgesagt haben. Ich hätte nie gedacht, dass sie mich nehmen."

„Aber das haben sie, oder?" Sie schrie die Worte fast. „Und jetzt? Jetzt wird alles genau so geschehen wie in meinem Traum! Du wirst sterben."

„Das ist doch Unsinn", wehrte er ab. „Niemand kann in die Zukunft vorhersehen. Daran glaube ich einfach nicht."

„Ach, nein?", rief Elisa. „Und was ist mit den anderen Dingen, von denen ich geträumt habe, hm? Unser Urlaub in Frankreich oder das Auto, das dein Vater dir geschenkt hat? Es ist genau das Modell, mit dem du ... mit dem du den Unfall hattest. Ich habe es gesehen! Mit eigenen Augen!"

„Ich hatte keinen Unfall, verdammt noch mal!", schrie er. „Und ich werde auch keinen haben. Wach endlich auf! Du machst alles kaputt!"

Auf einmal schien alle Kraft aus Leo zu weichen. Resigniert schüttelte er den Kopf.

„Elisa, ich kann so nicht weiter machen. Es geht nicht."

≈

Die Leere, die auf die Trennung von Leo folgte, hatte die Macht Elisa zu zerstören. Doch die Macht in Elisa selbst ließ das nicht zu. So wurde Elisa zu Elisa Lang, der gefeierten Fotografin, die den einzigartigen Lang-Look kreierte. Die Hochglanzmagazine rissen sich um ihre Fotografien. Elisa lebte in London, Paris, New York. Sie reiste um die ganze Welt. Die Jobs flogen ihr nur so zu, das Geld auch. Ihr Tag hatte 28 Stunden und wie es schien, manchmal noch mehr. Sie war berühmt, sie wurde gefeiert, sie wurde beneidet. Doch wofür? Nach außen hin war es ein perfektes Leben. Und innen? Wie sah es in Elisa Lang aus? Gab es überhaupt ein Inneres von Elisa? Hätte Elisa sich selbst die Mühe gemacht nach innen zu blicken, hätte sie wohl einen riesigen Hohlraum vorgefunden. In diesem Hohlraum verliefen zahlreiche Leitungen wie Drähte an den Wänden entlang. Lichter, die hier und da aufblinkten, zeigten, dass sehr wohl Leben in diesen Leitungen und in Elisa war. Informationen wurden von einem Ort zum anderen geschickt. Die Kommunikation funktionierte. Der Organismus war lebendig, so viel war sicher. Doch er wirkte leer. Verlassen.

Und doch befand sich irgendwo in diesem scheinbar unendlichen, dunklen Hohlraum ein winzig kleiner Raum, aus dem ein leichter Lichtschimmer kam. Denn in diesem Raum, eingequetscht wie in einem Schraubstock, dämmerte Elisas liebendes Herz vor sich hin. Es war dasselbe Herz, das so viel Liebe empfunden und empfangen hatte, als Elisa mit Leo glücklich gewesen war. Und dieses Herz erinnerte sich und sandte sein Licht in die Dunkelheit, auch nachdem es für Jahre abgeschottet war, abgedrängt an den Rand der Existenz, vergessen von seiner Besitzerin, vergessen vom Rest der Welt und doch nicht weg. Es wartete. Es hoffte. Und eines Tages sprengte es die Ketten, die Elisa darum gewickelt hatte. Es durchbrach die Wände seines Kerkers, und Elisas Widerstand begann zu bersten.

≈

Dieses Mal war es eine Frau. Und sie war schön. Elisa war hingerissen von ihrem ebenmäßigen Gesicht, sie war verzaubert von ihrem unwiderstehlichen Lächeln, von ihrer leichtfüßigen Art, ihrer elfenhaften Gestalt, ihrem alles erhellenden Wesen. Als klar war, dass die Liebe erwidert wurde, gab es kein Halten mehr. Elisa ließ alle Vorsichtsmaßnahmen fallen und stürzte sich mit Leib und Seele in diese neue Beziehung, die ihrem Leben wieder Freude, Glück und Ekstase schenkte. Sie gab sich Niobe völlig hin, ihren Leib, ihre Seele, ihr Herz. Und wie sehr hätten wir den beiden ihr Glück gegönnt!

Doch Elisa begann wieder zu träumen. Dieses Mal erschien der Traum erst spät. Niobe und sie waren bereits drei Jahre zusammen. Drei Jahre unzertrennlich. Drei Jahre und noch immer verliebt wie am ersten Tag. Und dies war der Grund für sie gewesen, Niobe einen Heiratsantrag zu machen. Sie hatte ja gesagt. Mit Tränen in den Augen. Ihr Glück war besiegelt.

Und dann, zwei Wochen vor der Hochzeit, träumte Elisa, dass Niobe in den Armen eines Mannes lag. Wie bei dem Traum mit Leo spürte sie auch hier den unstillbaren Schmerz, den dieser Anblick in ihr auslöste. Sie erwachte. Verzweiflung erfasste sie.

Neben sich sah sie Niobes wunderschönes Gesicht im Mondlicht, zerbrechlich wie Porzellan.

Konnte das sein? Konnte sie wirklich in die Zukunft sehen? Aber warum durfte sie keine glückliche Beziehung haben? Warum musste wieder ein furchtbarer Traum alles beenden? Ihr kam der Gedanke, dass sie verflucht war. Wenn es so etwas gab, dann musste es ein wirklich schlimmer Fluch sein. Aber warum? Sie hatte sich nie etwas zu Schulden kommen lassen. Sie erinnerte sich jedenfalls an nichts, was eine derartige Strafe verdient hätte. Sie begann zu schluchzen. Niobe wachte auf. Besorgt fragte sie, was los sei. Elisa suchte nach Worten.

„Ich habe geträumt... ich... "

Sie schüttelte den Kopf. „Ich habe geträumt, dass du mich mit einem Mann betrogen hast", brachte sie schließlich über die Lippen.

Entsetzen trat in Niobes Blick.

„Was? Aber das habe ich nicht!"

„Das weiß ich", beschwichtige Elisa sie. „Es ist nur... ich habe es deutlich gesehen. Und... es hat so weh getan. Wie damals die

Geschichte mit Leo, als ich geträumt habe, dass er stirbt."

Niobe wich ein Stück zurück. Sie wurde blass.

„Was ist?", flüsterte Elisa.

Niobe schluckte. Sie presste die Lippen aufeinander und schien zu überlegen. Schließlich wandte sie sich mit gequältem Blick an Elisa.

„Elisa, ich liebe dich. Das weißt du. Aber dieses Treueeding? Das ist doch antiquiert. Findest du nicht?"

Entsetzt starrte Elisa sie an.

„Antiquiert?"

Niobe lachte verlegen.

„Jetzt mach doch nicht so ein Gesicht! Du weißt, dass ich Typen auch mag. Ich meine… ich finde, wir sollten uns nicht so… nicht so einengen."

Elisa schüttelte den Kopf. Unwillkürlich fing sie an zu lachen. Aber es war kein freudiges Lachen.

≈

Es gab immer wieder Menschen in Elisas Leben, die ihr so nahe kamen, wie Leo und

Niobe. Doch mittlerweile hatte sie sich daran gewöhnt, dass der Traum ihr Glück wieder zerstören würde. Und so waren ihre Beziehungen von Anfang an Beziehungen auf Zeit. Elisa genoss ihr Glück durchaus. Doch sie wusste stets, dass es bald enden würde. Und wenn es schließlich so weit war, packte sie wortlos ihre Sachen und verschwand. Sie vermied es, ihren Liebhabern von ihren Träumen zu erzählen. Was hätte das genutzt? Sie konnte an der Unausweichlichkeit der Situation ebenso wenig etwas verändern wie an der Tatsache, dass sie die Zukunft voraus sehen oder besser gesagt „voraus träumen" konnte. Sie hatte sich ihrem Schicksal ergeben. Und dieses Schicksal lautete: sie würde niemals mit einem Menschen alt werden. Sie würde immer wieder lieben, aber niemals eine Beziehung haben, die bis zu ihrem Lebensende halten würde.

Und dann kam Jonas.

≈

Als sie träumte, dass sie mit Jonas Kinder haben und sehr glücklich sein würde, brach es ihr erneut das Herz. Denn sie sah gleichzeitig, wie sein Leben in einem weißen Raum in einem Krankenhaus endete und zwar an einem sonnigen Wintermorgen. Ihre Kinder, vier an der Zahl, seine eigenen Eltern, bereits hoch betagt, und sie selbst saßen um sein Bett herum und nahmen Abschied. Dieses Bild war zu viel für sie. Als sie erwachte, weinte sie nicht. Sie fasste einen Plan.

Jonas stand auf wie immer. Er begrüßte sie mit einem warmen Kuss, ging duschen und machte sich schließlich mit einem Croissant in der Hand auf den Weg ins Büro. Elisa wartete, bis die Tür ins Schloss fiel, dann fing sie an zu packen. Eine halbe Stunde später hatte sie ihre Sachen zusammen gesucht und wollte noch einmal das Bad aufsuchen, als sie den Schlüssel in der Tür hörte. Sie erschrak.

Doch es war zu spät. Jonas öffnete die Tür, lächelte sie an und wollte etwas sagen, doch das Wort blieb ihm im Hals stecken. Er starrte auf die Koffer, die neben ihr standen.

„Du packst?", fragte er mit belegter Stimme.

Er war aschfahl im Gesicht.

„Jonas, bitte, ich...", stammelte Elisa. „Es ist nicht, was du denkst."

Er sagte nichts, legte nur seine Schlüssel ab, schloss die Tür und dann setzte er sich auf den Barhocker an der Küchentheke. Er wies auf den freien Hocker neben sich.

„Bitte, ich höre", sagte er.

Elisa wusste nicht, wo sie beginnen sollte, also fing sie am Anfang an. Sie erzählte von ihrer ersten Liebe, von Leo, von ihren gemeinsamen Plänen und von dem verheerenden Traum, der alles beendet hatte. Sie erzählte von weiteren Affären, Liebschaften und dem immer wieder kehrenden Traum, der ihr das Recht auf Glück zu verwehren schien. Als sie geendet hatte, war sie in Tränen aufgelöst.

„Von alldem hast du mir nie etwas erzählt", bemerkte Jonas.

„Nein", gestand sie.

Sie schwiegen. Da nahm Jonas ihre Hände in seine und blickte ihr tief in die Augen.

„Glaubst du wirklich, dass es ein Leben ohne Schmerz und Verlust geben kann?"

„Wie meinst du das?"

Sie sah ihn fragend an.

„Elisa, was immer auch geschieht, wir müssen lernen damit umzugehen. Mit Freud und Leid. Oder…", er lachte, „in guten wie in schlechten Zeiten, wie es so schön heißt. Das Leben ist nicht planbar. Verstehst du? Wir können es nur nehmen, wie es kommt. Es gibt keine Garantie dafür, dass immer alles glatt läuft. Für niemanden. Aber das ist doch gerade das Schöne daran. Findest du nicht?"

„Ich… ich weiß nicht", stammelte Elisa.

„Willst du auf die wunderbaren Momente, die vielleicht, nein, die sicher vor uns liegen, verzichten, nur weil du enttäuscht werden könntest?"

„Aber du wirst sterben!", rief sie.

„Ja, das werde ich sicher," entgegnete er. „Und du auch. Aber ich habe keine Angst davor, dich zu verlieren. Du wirst immer bei mir sein auf die eine oder andere Art. Aber wenn wir jetzt nicht die Zeit, die uns geschenkt wird, zusammen nutzen und all das Schöne, das Wunderbare, genießen, dann sind wir doch schon tot."

Elisa schluckte. Etwas in ihr arbeitete. Und dann, mit einem Mal, spürte sie, wie die Mauern in ihrem Innersten zu bersten begannen. Die zentnerschwere Last, die sie über all die Jahre getragen hatte und die aus ihrem Leben ein Gefängnis gemacht hatte, fiel von ihr ab und setzte etwas frei, an das sie sich nur vage erinnerte. Es war die alte Elisa. Die Elisa, die unbeschwert an eine Zukunft ohne Grenzen geglaubt hatte, an einen Himmel ohne Wolken, an ein Leben voller Überraschungen und Freude, voller Hingabe und Vertrauen. Elisa lachte haltlos.

„Ich glaube, ich habe es verstanden", sagte sie schließlich.

„Dann fangen wir jetzt an zu leben, ja!", freute sich Jonas und nahm sie in den Arm.

Der Bäcker und sein Meisterstück

Es war einmal ein junger Bauernsohn, der wollte gerne Bäcker werden. Deshalb ging er in die Stadt und fragte die Leute, wer der beste Bäcker im Orte sei.

„Das ist der Bäcker Hansemann am Marktplatz", entgegneten die Menschen einvernehmlich.

Also machte sich der Bauernsohn auf den Weg zum Marktplatz, um bei dem Bäckermeister um eine Anstellung zu bitten.

„Weißt du, wie viele Gesellen ich bereits habe?", lachte der Bäcker, als ihm der Junge sein Anliegen vortrug. „Die Jungen stehen Schlange, weil sie bei mir lernen wollen. Wenn du willst, dass ich dich anstelle, musst du mir schon etwas ganz Besonderes bringen."

„Etwas Besonderes?", fragte der Bauernjunge. „Aber was?"

„Backe mir ein perfektes Brot", forderte der Bäckermeister. „Wenn es mir schmeckt, so will ich dich als Gesellen nehmen und dich das Bäckerhandwerk lehren."

Herausfordernd hielt er dem Jungen die ausgestreckte Hand entgegen.

„Einverstanden", sagte der Bauernsohn.

Die beiden schlugen ein, und der Junge begab sich auf den Weg nach Hause. Dort angekommen, machte er sich sogleich an die Arbeit. Er schaffte alle Zutaten herbei, die er zum Brotbacken benötigte: Mehl, Wasser, Hefe, Zucker und Salz. Dann heizte er den Ofen an und knetete den Teig. Sein Vater, der vom Feld zurück kehrte, schüttelte den Kopf über den Jungen.

„Bäcker willst du werden? Was verstehst du denn vom Brotbacken? Bauer bist du und Bauer bleibst du", spottete er.

Doch der Junge hörte nicht auf ihn, sondern formte eifrig große Leiber Brot, die er in den Ofen schob. Aufgeregt setzte er sich davor und wartete voller Ungeduld. Da er nicht genau wusste, wie lange das Brot backen sollte, holte er eins ums andere heraus und probierte es. Doch keines schmeckte ihm. Das erste war noch etwas teigig, das zweite etwas trocken und das letzte schließlich etwas verbrannt. Entmutigt ließ der Bauernsohn den Kopf hängen. Hätte seine Mutter noch gelebt, so hätte er sie um Hilfe bitten können. Doch die Bauersfrau war schon vor vielen Jahren gestorben. So blieb dem Jungen nur, die Großmutter um Rat zu fragen.

„Mein Junge, ich habe mein Lebtag noch kein Brot gebacken", bedauerte diese. „Doch ich kann dir wohl zeigen, wie man Hefeteig macht. Wenn wir daraus einen großen Leib formen, so werden wir schon ein anständiges Brot heraus bekommen."

Gesagt, getan. Junge und Großmutter machten sich sogleich ans Werk und kneteten einen wunderbar geschmeidigen Teig. Sie ließen ihn eine Zeitlang gehen, dann schoben sie ihn in den Ofen. Erwartungsvoll spähten sie immer wieder hinein, um zu sehen, ob das Brot schon braun war. Schließlich war es so weit, und der Junge holte es aus dem Ofen. Fachmännisch klopfte die Großmutter auf den Boden des Leibes. Er hörte sich hohl an. Zufrieden nickte die alte Frau.

„Es ist wohl fertig", verkündete sie.

Nachdem der Leib ausgekühlt war, schnitt der Junge das Brot mit dem Messer auf und reichte seiner Großmutter eine Scheibe. Herzhaft biss sie hinein. Doch sogleich verzog sie das Gesicht und schüttelte den Kopf.

„Es schmeckt fad und zudem trocken. Wir müssen etwas falsch gemacht haben", sagte sie enttäuscht.

Als sie sah, wie traurig der Junge war, hatte sie eine Idee.

„Geh und frag die Nachbarin! Sie backt so viele Kuchen. Da wird sie auch wissen, wie man ein anständiges Brot backt."

Der Junge schöpfte wieder Mut und rannte eilig zur Nachbarin. Als er ihr jedoch sein Anliegen vortrug, schüttelte sie den Kopf.

„Es tut mir Leid, mein Lieber. Aber Brot habe ich noch keines gebacken. Allerdings habe ich noch ein altes Rezept von meiner Mutter, das ich dir geben kann. Ihre Brote schmeckten immer herrlich."

Sie ging zum Küchenregal und suchte das Rezept heraus. Freudig nahm es der Bauernsohn entgegen und besorgte sogleich die Zutaten für den Teig. Mittlerweile war es später Abend geworden, sodass er bis zum nächsten Tag warten musste, um den Ofen wieder anzuheizen.

Der alte Bauer blickte mit Befremden auf das Schaffen seines Sohnes. Doch er ließ ihn gewähren. Er dachte sich:

„Der Junge wird bestimmt keinen Erfolg haben. Besser er merkt es selbst und tritt freiwillig in die Fußstapfen seiner Vorfahren, als dass ich ihn zwinge. Ein wenig Geduld hat sich noch immer ausgezahlt."

≈

Als am frühen Morgen der Hahn krähte, sprang der Bauernsohn voller Elan aus dem Bett und machte sich sogleich an die Vorbereitungen.

„Dieses Mal wird es mir ganz sicher gelingen, ein perfektes Brot zu backen", sagte er sich.

Denn er hatte ja ein richtiges Rezept und das Versprechen der Nachbarin, dass die Brote ihrer Mutter gut gewesen waren. Als sein Vater vom Melken aus dem Stall zurück kam, war der Junge schon dabei, die Leiber in den Ofen zu schieben.

„Wenigstens brauchen wir keinen Hunger zu leiden, da wir ja genug Brot haben", bemerkte der Bauer.

„Bestimmt nicht, Vater", entgegnete der Junge. „Denn ich backe nun ein perfektes Brot, und dann wird mich der Bäckermeister als Lehrling einstellen. Wenn ich dort arbeite, werde ich jeden Tag die köstlichsten Backwaren mit nach Hause bringen."

„Wir werden sehen", brummte der Vater und verschwand nach draußen.

Der Junge konnte es kaum erwarten, dass die Brote endlich fertig waren. Auch die Großmutter wartete gespannt. Als sie die Leiber schließlich aus dem Ofen holten, strahlten sich die beiden an. Die Brote sahen perfekt aus und dufteten herrlich. Nach einiger Zeit wagten sie es, das Erste anzuschneiden. Doch wie enttäuscht waren sie, als sie sahen, dass der Teig innen nicht luftig und leicht, sondern gelblich und klebrig war. Ein ums andere Brot schnitten sie in der Mitte entzwei: jedes Mal war es dasselbe. Zehn Leiber hatte der Junge gebacken, und nicht eines war ihm gelungen.

„Ich gebe es auf!", rief er verzweifelt. „Der Vater hat Recht! Ich tauge nicht zum Bäcker."

Entmutigt ließ er den Kopf in die Hände sinken.

„Junge, noch ist nicht aller Tage Abend!", munterte ihn die Alte auf. „Kommt Zeit, kommt Rat!"

So saßen die beiden eine Weile zusammen und überlegten, was nun zu tun sei. Da sprang der Junge plötzlich auf und rief: „Dass ich daran nicht gleich gedacht habe! Wenn einer weiß, wie man gutes Brot backt, so doch ein Bäcker. Ich gehe ins Nachbardorf und frage den Bäcker dort, wie man ein perfektes Brot macht."

Die Großmutter wiegte den Kopf hin und her. Sie hatte Bedenken. Doch sie sagte nur: „Dann geh, mein Junge. Ich wünsche dir Glück!"

Der Junge griff nach seiner Jacke und machte sich zu Fuß zum benachbarten Dorfe auf. Als er dort ankam, war es bereits Nachmittag. Sogleich suchte er den Bäcker auf. Dieser war mit seiner Arbeit gerade fertig und saß vor seinem Haus in der Sonne.

„Lieber Bäcker, verzeiht, dass ich Euch in Eurer Ruhe störe", setzte der Bauernsohn an. „Ich versuche seit Tagen das perfekte Brot zu backen. Doch es will mir einfach nicht gelingen. Könnt Ihr mir nicht einen Rat geben?"

Der Bäckermeister begann zu lachen. „Brot willst du backen? Ei, wie kommst du dazu? Bist du nicht der Sohn des Bauern aus dem Nachbardorf?"

„Gewiss", antwortete der Junge freimütig. „Doch ich möchte Bäcker werden. Und dafür muss ich dem Bäckermeister in der Stadt ein perfektes Brot backen."

Als er dies hörte, wurde der Bäcker argwöhnisch. Denn er dachte: Wenn ich dem Jungen mein Rezept verrate, so backt er am Ende ein so gutes Brot, dass die Leute zu ihm gehen statt zu mir.

Deshalb sagte er zu dem Jungen: „Nun, das ist gar nicht schwer. Gibst du mir zwei Taler, so will ich dir's Rezept aufschreiben. Komm nur herein und warte in der Stube. Dann will ich dir's bringen."

Der Junge freute sich und willigte ein. Er gab dem Bäcker die beiden Taler und wartete brav, bis er das Rezept ausgehändigt bekam.

„Achte darauf, nach einer halben Stunde das Feuer um die Hälfte zu verringern. So wird das Brot mild und saftig", merkte der Bäcker an.

„Aber wie weiß ich, wann das Feuer um die Hälfte verringert ist?", fragte der Bauernsohn besorgt.

„Du wirst es schon merken", grinste der Bäcker hinterhältig und entließ den Jungen.

Der Junge merkte nichts vom Argwohn des Bäckers und eilte schnurstracks nach Hause. Unterwegs lief ihm der Bäckermeister Hansemann über den Weg.

„Hey, Junge! Ich warte noch immer auf dein Brot! Wann bringst du's mir denn endlich?", rief er nicht ohne Spott.

„Übermorgen, Herr. Das ist ganz sicher", antwortete der Junge zuversichtlich. „Denn ich habe nun das richtige Rezept!"

„Nun denn. Ich bin gespannt", schmunzelte der Bäckermeister und ging seines Weges. Dabei dachte er: Den sehe ich nie wieder.

≈

Am nächsten Morgen machte sich der Junge an die Arbeit, erneut voller Hoffnung. Doch er wurde wieder enttäuscht. Denn als er verzweifelt versuchte, das Feuer um die

Hälfte zu verringern, schoss eine riesige Flamme aus dem Ofen, die ihm beinahe das Gesicht und die Arme verbrannte. In letzter Sekunde konnte er sich in Sicherheit bringen. Mit einer Eisenstange zog er schließlich die brennenden Scheite aus der Glut und hoffte, er habe alles richtig gemacht. Doch sein Bangen war umsonst. Die Brote waren ungenießbar.

Nun wusste sich der Junge keinen Rat mehr. Er räumte die misslungenen Backwaren weg und fütterte die Hühner und Schweine damit, denn er wollte sich nicht zum Gespött seines Vaters machen. Dann ging er traurig zum Fluss und setzte sich ans Ufer. Er dachte daran, dass er nun alle Möglichkeiten ausgeschöpft hatte und seine Niederlage eingestehen musste. Zwar wollte er um nichts in der Welt Bauer werden, doch es sah so aus, als habe es das Leben so für ihn bestimmt.

Schweren Herzens wollte er sich gerade in sein Schicksal fügen, als er sah, wie ein Mann in Bäckertracht über die Brücke geschlendert kam. Augenblicklich keimte Hoffnung in ihm auf. Wenn dies kein Zeichen des Himmels war!

Flugs stand er auf und lief dem Manne entgegen.

„Mein Herr!", rief er. „Ich sehe, dass Ihr Bäcker seid. Könnt Ihr mir sagen, wie man gutes Brot backt?"

Der Fremde sah den Jungen zuerst entgeistert an. Denn er war in Wirklichkeit ein Müller. An diesem Tag war er bei dem Versuch, sein Mühlrad zu reparieren, in den Fluss gefallen und nass geworden. Da er noch die Tracht des Bäckers hatte, die dieser ihm als Pfand für einige Pfund Mehl hinterlassen hatte, zog er diese an, um in die Stadt zu gehen. Als der Bauernsohn ihn nun fragte, wie man Brot buk, fühlte er sich bei seiner Ehre gepackt. Denn schließlich war er eitel und als Müller quasi vom Fach.

Also sprach er, nachdem er die Verwechslung bemerkt hatte, so, als wüsste er genau, wovon er redete: „Ei freilich kann ich das. Nur sag, was gibst du mir dafür, wenn ich dir´s verrate?"

Dabei grinste er verschlagen. Der Junge wurde blass. Denn er hatte ja dem Dorfbäcker bereits zwei Taler gegeben und besaß nun nur noch einen einzigen. Beherzt griff er tief in seine Tasche und streckte dem falschen Bäcker das Geld entgegen.

„Herr, ich habe nur noch dies. Wenn Ihr mir nicht helft, so bin ich ohne Hoffnung."

„Na, na, so schlimm wird's schon nicht sein", tröstete ihn der Müller. „Komm nur her zu mir. So will ich dir der Reihe nach erzählen, wie du´s machen sollst."

So setzte sich der Junge zu dem Müller in das Gras und ließ sich von dem falschen Fachmanne in aller Ausführlichkeit berichten, wie er vorzugehen habe.

„Hast du´s auch verstanden?", fragte der Müller am Ende seiner Ausführungen.

„Ich denke schon, mein Herr. Habt herzlichen Dank für Eure Freundlichkeit", sagte der Junge aufrichtig und verabschiedete sich.

Der falsche Bäcker blickte ihm Kopfschüttelnd hinterher und besah sich schadenfroh seinen unverdienten Taler. So leicht hab ich mein Geld noch nicht verdient wie mit diesem Tölpel, dachte er bei sich und ging schnurstracks in die Stadt, wo er sich von dem Gelde ein ordentliches Stück Kuchen gönnte.

Der Junge aber kam freudestrahlend zu seiner Großmutter und berichtete von dem Glück, das ihm zuteil geworden war. Die beiden beschlossen, sogleich ans Werk zu gehen. Als sie erneut den Ofen anheizten und Teig ausformten, wurde es dem alten Bauern bald zu viel.

„Habt Ihr noch immer nicht genug?", rief er. „Jemand muss diesem Wahnsinn endlich Einhalt gebieten!"

Doch der Junge und die Alte waren voller Euphorie und ließen sich nicht beirren.

„Ein letzter Versuch noch, Vater! Dieses Mal wird es gelingen", beharrte der Junge.

Einigermaßen erstaunt über die Beharrlichkeit seines Sohnes, schüttelte der Vater den Kopf und ging an seine Arbeit. Einerseits hätte er die Hilfe des Jungen durchaus gebrauchen können und wollte ihm die Flausen aus dem Kopfe treiben. Andererseits bewunderte er dessen Durchhaltevermögen, das er so bisher an ihm noch nicht gesehen hatte.

Nun gut, dachte er bei sich. Soll er seinen Erfolg haben. Ich gönne es ihm. Und insgeheim freute er sich mit dem Jungen.

Doch als der Bauer spät Abends wieder in die Küche trat, fand er zwei betrübte Gesichter vor sich.

„Was ist geschehen?", fragte er. „Wo ist das Brot?"

„Frage nicht", entgegnete die Großmutter und zeigte auf die schwarzen Kugeln in der Glut.

„Ihr habt es in die Glut geworfen?", entrüstete sich der Bauer.

„Es war nicht zu genießen", antwortete der Junge erschöpft.

Nun packte den Mann die Wut: „Nun, dann musst du's eben noch einmal probieren!"

„Dafür ist es zu spät. Morgen soll ich dem Bäckermeister das Brot bringen. Und ich habe nichts vorzuweisen als das", sagte der Junge mit leerem Gesichtsausdruck und zeigte auf die schwarzen Klumpen.

Der Bauer zuckte mit den Schultern. „Wie du meinst", lenkte er schließlich ein. „Aber bedenke, dir bleibt noch eine ganze Nacht. Zu spät ist es erst, wenn die Frist um ist", setzte er nach und verließ die Küche.

„Ach, Großmutter", jammerte der Junge. „Wenn ich nur wüsste, wen ich noch fragen soll. Bisher hat mir keiner helfen können."

„Das ist wahr", pflichtete ihm die Großmutter bei. „Und wenn ich's recht bedenke, so waren die Brote, die du zuerst gebacken hast, wohl doch die besten."

Erschöpft erhob sie sich von ihrem Platz. „Sei's drum. Es ist Zeit zu schlafen. Geh du auch zu Bett, mein Junge. Morgen ist ein neuer Tag."

Sie strich dem Jungen sanft übers Haar. Dann ließ ihn allein.

Da saß er nun vor dem Ofen und starrte in die Glut. Er dachte an die letzten Worte seiner Großmutter. Fürwahr! Auch wenn sie nicht den besten Geschmack gehabt hatten, so waren doch seine ersten, eigenen Versuche um Längen besser gewesen als die kläglichen Ergebnisse, die danach erfolgt waren. Hätte er doch nur nicht auf die anderen Leute gehört! Er hätte es nach einigen Versuchen bestimmt geschafft, ein perfektes Brot zu backen.

Plötzlich wurde dem Jungen ganz heiß und aufgeregt zu Mute. Das war es! Warum war er nicht gleich seiner eigenen Eingebung gefolgt? Er hatte so viel Vertrauen in andere gesetzt, dass er gar nicht mehr versucht hatte, selbst herauszufinden, wie ihm ein perfektes Brot gelingen konnte. Hektisch sprang er auf. Konnte er es wagen? War es nicht schon zu spät? Was hatte sein Vater gesagt? Er hatte noch die ganze Nacht! Was hatte er zu verlieren, wenn er diese nutzte?

Er besann sich. Dann stand sein Entschluss fest. Zuerst legte er ordentlich Holz nach und hielt den Ofen warm. Dann machte er sich an den Teig. Er knetete und formte, fügte Wasser zu, ließ den Teig gehen, knetete wieder und buk und buk ein ums andere Brot. Die ganze Nacht hindurch buk der Bauernsohn die verschiedensten Brote. Kleine, große, helle, dunkle, runde, lange ... Und am Ende?

Nun, am Ende förderte er so wundervoll geformte, wohlriechende und ansehnliche Leiber aus dem Ofen, dass ihm selbst vor lauter Staunen die Mundwinkel nach unten fielen. Am Ende seiner Kräfte, aber überglücklich, stapelte er sein Werk auf den großen Küchentisch und schlief im Morgengrauen mit dem Kopf auf dem Tische liegend ein. Als der Bauer und die

Großmutter wenig später in die Küche traten, staunten sie nicht schlecht.

„Junge, wach auf!", rief der Bauer und schüttelte seinen Sohn an der Schulter. „Wir wollen dein Brot probieren."

Verdutzt sah der Bauernsohn den Vater an. Plötzlich war er hellwach.

„Ist es gelungen?", fragte er ängstlich und blickte von einem Gesicht zu anderen.

Die Großmutter lächelte und zuckte mit den Schultern.

„Das werden wir gleich sehen", gab sein Vater zurück.

In aller Geschäftigkeit versammelten sich die drei nun um den Tisch, um die Brote zu verköstigen. Als der Junge das Messer ansetzte und den ersten Leib teilte, strömte ein wundervoller Duft durch den Raum. Die drei Bauernleute sahen sich erstaunt an. Erwartungsvoll griffen sie nach dem Brot und bissen herzhaft zu. Welch ein Genuss! Welch ein Gaumenschmaus erfreute die armen Leute. Noch nie in ihrem Leben hatten sie ein köstlicheres Brot gegessen, als das, das der Junge spät in der Nacht gebacken hatte.

„Das ist es!", rief der Vater erfreut. „Das perfekte Brot! Geh, pack es ein und bringe es dem Bäckermeister! Wenn er dich nicht einstellt, so ist er von allen guten Geistern verlassen!"

Noch immer überwältigt von dem Wunder, das ihm zuteil geworden war, tat der Junge, wie ihm geheißen wurde. Auf dem Weg in die Stadt schlug ihm das Herz bis zum Hals, so aufgeregt war er. Er war gespannt, was der alte Bäckermeister zu seinem Brot sagen würde und stellte sich vor, wie es sein würde, wenn er zu ihm in die Lehre ging. Sein Lebenstraum würde sich nun doch erfüllen. Voller Dankbarkeit schickte er ein Gebet zum Himmel.

Als er schließlich seine Waren vor dem Bäckermeister ausbreitete, staunte dieser nicht schlecht.

„Junge, ich hätte nicht gedacht, dass du das fertig bringst", gestand er.

Mit kritischem Blick prüfte der Bäcker Hansemann nun das Werk des Bauernjungen.

„Nun denn, schneiden wir's an!", rief er schließlich und setzte das Messer an.

Wieder erfüllte ein köstlicher Duft den Raum.

Anerkennend zog der Bäckermeister die Augenbrauen hoch: „Donnerwetter!

Wenn es schmeckt, wie es riecht, bist du ein gemachter Mann!"

Sogleich steckte er sich einen Bissen in den Mund und kaute ausgiebig darauf herum. Der Junge beobachtete jede seiner Regungen und hielt den Atem an. Der Bäckermeister riss die Scheiben auseinander, hielt sie vor die Nase, quetschte und drückte sie, probierte hier, probierte da, kaute, schmatzte und stöhnte schließlich laut auf.

„Junge, wo hast du so backen gelernt!", rief er begeistert. „Wer hat dir das gezeigt?"

„Niemand, Herr", antwortete der Junge wahrheitsgemäß. „Ich habe es selbst heraus gefunden."

Erwartungsvoll blickte er den Bäckermeister an.

„Dann, mein Lieber, gibt es nichts, was ich dir beibringen kann", sagte dieser. „Denn du bist selbst ein Meister. Wenn du aber bei mir arbeiten und mein Kompagnon sein willst, so wäre das eine große Ehre für mich."

Der Verehrer

Für Eva

Als Eva an diesem Morgen vor die Haustür trat, wäre sie fast die steile Steintreppe hinabgestürzt. Statt des gewohnt festen Untergrunds bemerkte sie unter ihren Füßen ein glitschiges Etwas, das ihr jeglichen Halt versagte, sodass sie augenblicklich ins Rutschen kam. In letzter Sekunde bekam sie den Handlauf neben der Treppe zu fassen und konnte so den sicheren Absturz verhindern. Einen Moment lang hing ihr Körper in einer unnatürlichen Drehung am Geländer, bis es ihr irgendwie gelang, wieder sicheren Boden unter die Füße zu bekommen. Am ganzen Körper zitternd ließ sie sich langsam auf die Stufen sinken. Ihr Gesicht war aschfahl.

Das wäre es gewesen! Fünfundsiebzig Jahre lang niemals ernsthaft krank und dann mit einem Schlag aus und vorbei! Eva schluckte. Vorsichtig drehte sie den Kopf nach oben. Ihr Blick fiel auf ein buntes Durcheinander an Rot, Violett und Gelb, unterbrochen von hellgrünen Farbschlieren, die sich bis zu der Stufe, auf der sie nun saß, hinabzogen. Zuerst dachte sie an einen Salatkopf, oder dass jemand seinen Kompost auf ihrer Treppe entsorgt hatte. Aber dann erkannte sie die bunten Tulpenköpfe, die abgetrennt von den kräftigen Stängeln vor ihrer Haustür verstreut lagen. Augenblicklich dämmerte ihr, was hier geschehen war und ihr beinahe zum Verhängnis geworden wäre.

„Dieser Idiot!", schimpfte sie. „Hat man denn da Worte!"

Entrüstet schüttelte sie den Kopf. Sie warf einen finsteren Blick zu dem grünen Haus am Ende der Straße. Dort war niemand zu sehen. Die Fensterläden waren geschlossen, was normal war um diese Uhrzeit, das wusste sie. Denn Paul schlief für gewöhnlich bis in die späten Morgenstunden. Das Leben genießen, nannte er das. Seine nervigen Aktionen startete er normalerweise erst gegen Abend. Bisher hatte sie ganz gut mit seinen Avancen umgehen können. Ignorieren war das Motto, mit dem sie sich ihn vom Hals gehalten hatte. Und darin war sie ebenso zäh und unnachgiebig, wie er erfindungsreich war und sich immer neue Überraschungen einfallen ließ, mit denen er versuchte, sie zu beeindrucken. Ausdauer hatte er, das musste sie ihm lassen. Je mehr sie ihn ignorierte, desto ausgefallener wurden seine Aktionen. Aber das heute war zu viel!

Mit einem Mal wurde ihr bewusst, dass sie sich möglicherweise ernsthaft verletzt hatte. Ihr Blick wanderte zu ihren Armen. Sie waren offensichtlich unversehrt. Sie spürte in ihren Körper hinein. Keine Anzeichen von Schmerz. Auch ihre Beine und die Füße waren wohl heil geblieben. Mit dem Rücken an die Hauswand gelehnt, zog sie sich vorsichtig hoch. Abgesehen von einem leichten Schwindel schien alles okay mit ihr zu sein. Als sich der Schwindel gelegt hatte, klopfte sie sich den Staub aus den Kleidern, mehr um sich selbst zu beleben und ihren Körper zu spüren, als dass sie wirklich dreckig gewesen wären. Dann ging sie die restlichen Stufen zum Gartentor hinab und nahm die Zeitung aus der Rolle.

Drinnen im Haus legte sie die Zeitung auf den fein gedeckten Frühstückstisch neben Antons unangetasteten Teller.

„Hier, mein Lieber", sagte sie liebevoll zu dem leeren Stuhl. „Deine Zeitung hätte mich heute fast das Leben gekostet. Aber das erzähle ich dir später."

Seufzend ließ sie sich auf den Platz gegenüber fallen. „Jetzt wollen wir erst einmal frühstücken, wir zwei."

Beherzt griff sie in den gefüllten Brotkorb, nahm ein knackiges Vollkornbrötchen heraus und schmierte sich dick Butter darauf. Dann goss sie sich den dampfenden Kaffee aus der Thermoskanne in die Tasse und schenkte ihrem unsichtbaren Gegenüber Tee ein.

„Ich wünschte, du würdest einfach auch Kaffee trinken. Dann hätte ich weniger Arbeit", beschwerte sie sich freimütig.

Sie hielt inne und lauschte aufmerksam in die Stille, um kurz darauf zu antworten:

„Nein, schon gut. Es ist mir nicht zu viel. Bestimmt."

Versöhnlich nickte sie mit dem Kopf. Ein sanftes Lächeln legte sich um ihre Lippen.

„Soll ich dir dein Ei pellen?"

Wieder lauschte sie in den leeren Raum und begann dann, sorgfältig nacheinander die beiden Eier zu schälen, die in den silbernen Eierbechern zum Verzehr bereit auf dem Tisch standen. Der Rest des Frühstücks fand schweigend statt.

Nachdem sie das Brötchen und die beiden Eier gegessen hatte, stand Eva auf und deckte den Tisch ab. Sie stapelte das Geschirr auf die Anrichte und goss den kalt gewordenen Tee ins Becken. Dann machte sie sich an den Abwasch. Durch das Küchenfenster beobachtete sie eine Amsel, die Würmer aus der Wiese zog. Das Gras stand ziemlich hoch. Es war höchste Zeit, es zu mähen. Sie wollte sich keine Zecken holen, so wie letzten Herbst, als sie wegen des roten Rings, den sie in ihrer Kniekehle entdeckt hatte, Antibiotika nehmen musste.

Sie ging zum Kühlschrank und nahm den Magnetblock von der Tür, auf dem sie ihre Erledigungen notierte. *Micha wegen Rasen*, schrieb sie in fein schnörkeliger Schrift darauf. Darüber stand: *Heizung warten lassen*, *Sahne*, *Butter* und *Reis*. Sie wollte den Block soeben zurück an seinen Platz heften, als sie noch einmal inne hielt und *Paul zurecht weisen* notierte. Entschlossen setzte sie zwei Ausrufungszeichen hinter die letzte Notiz und ging dann ins Wohnzimmer.

Dort rollte sie die Yogamatte auf dem massiven Eichenholzboden aus und begann ihre Übungen. Sie machte Yoga seit den frühen 70er Jahren. Damals war sie mit ihrer Spiritualität und fernöstlichen Gesinnung ein absoluter Exot gewesen. Heute rannten die Hausfrauen und Übergewichtigen den modernen Yogastudios die Türen ein. Die Kurse boomten. Unzählige Richtungen wurden inzwischen gelehrt an Volkshochschulen, in Sportvereinen und in jeder besseren Krankengymnastikpraxis. Verächtlich schnaubte Eva bei dem Gedanken an die ungelenken Mütter mit ihren dicken Nach-Schwangerschaftsbäuchen und die breit gesessenen Hintern der Büroangestellten. Yoga war Massenware geworden und hatte längst seine Exklusivität verloren. Ihr Alleinstellungsmerkmal war ihr in den letzten beiden Jahrzehnten mehr und mehr abhanden gekommen, wie so vieles andere auch, das ihr Leben einst lebenswert gemacht hatte: Ihre Vitalität, ihre Beweglichkeit, ihre Reiselust und unzählige soziale und persönliche Kontakte. Doch sie wollte jetzt nicht schwermütig werden. Beim Yoga kam es darauf an, ganz im Hier und Jetzt und in den Asanas zu sein. Hund, Fisch, Schulterstand. Ihr Programm war immer gleich. Sie beherrschte die Stellungen bis zur Perfektion. Nur an einer, der Königsdisziplin, scheiterte sie seit Antons Weggang hartnäckig. Und das war der verdammte Kopfstand, *Shirshasana*, die Haltung, die sie die Welt aus einer anderen Perspektive hätte sehen lassen können. Aber egal, wie sehr sie sich bemühte: seit dem Tag, an dem die Einsamkeit über sie gekommen war wie eine Strafe für etwas, dessen sie sich ohne ihr Wissen, ohne ihr Zutun, schuldig gemacht haben musste - denn als Strafe empfand sie ihr Leben seit jenem verhängnisvollen Sommertag, an dem Anton von der Leiter gestürzt und verschieden war - konnte sie einfach die Balance ihres Körpers in seiner Umkehrstellung nicht mehr halten.

Sie versuchte es, versuchte es hartnäckig weiter. Tag für Tag. Sie nahm die Tür als Hilfestellung. Ging mit gebeugtem Rücken, den Kopf auf das Kissen vor sich gestützt, dieselben Schritte wie in den fünfzig Jahren zuvor. Doch ihre Hüfte gewährte ihr einfach nicht mehr die Stabilität und Ausgewogenheit, die sie benötigt hätte, um nach oben zu kommen. Und so saß sie schließlich niedergeschmettert und erschöpft wie all die anderen unzähligen Tage - es mussten inzwischen mehr als 1750 sein, an denen sie gescheitert war - auf dem Boden neben ihrer Matte und starrte Löcher in die Luft.

Auf einmal war sie so tief in Gedanken versunken, dass sie das Klingeln an der Haustür zunächst nur wie ein in Watte gepacktes Geräusch aus einer fernen Welt vernahm. Das Klingeln ließ jedoch nicht nach, sondern wurde im Gegenteil immer vehementer und führte schließlich dazu, dass Eva aus der Tiefe ihrer Innenwelt erwachte und mit einem lauten Atemzug nach Luft schnappte. Kurz vergewisserte sie sich, wer und wo sie war. Dann sprang sie auf und eilte zur Tür, die sie mit einem Schwung aufriss. Ein liebenswürdiges, altes Gesicht, das von schneeweißem, fülligem Haar umrahmt wurde, lächelte sie freundlich an.

„Du!", entfuhr es ihr.

Finster blickte sie in das strahlende Gesicht, das sie erwartungsvoll anschaute.

„Ja, ich", entgegnete Paul mit selbstbewusster Stimme. „Ich habe mich gefragt, ob du meine Blumen bekommen hast?", fragte er hoffnungsvoll.

„Das siehst du doch wohl", bemerkte Eva säuerlich.

Paul ließ seinen Blick über den Boden schweifen, wo sein Überraschungsstrauß noch immer wild verstreut lag.

„Ich dachte, du magst Blumen?", sagte er ohne eine Spur von Argwohn.

Statt einer Antwort gab Eva ein genervtes Schnauben von sich.

„Was willst du? Mach´s kurz. Ich hab zu tun."

Bei diesen Worten zog sie die Tür ein Stück weiter zu. Reflexartig schob Paul seine Hand in den Türspalt.

„Warte! Ich wollte fragen, ob du Hilfe im Garten brauchst? Ich habe gesehen, dass dein Rasen mal wieder einen Schnitt vertragen könnte."

Wortlos musterte sie ihn. Seine Augen waren freundlich, wasserblau, unschuldig. Konnte ein Mensch wirklich so arglos und naiv sein? Ihr Blick wanderte an ihm hinab. Alles an ihm war ein Affront. Er war hoch gewachsen, schlank und gut aussehend. Trotz seines Alters wirkte er noch immer sportlich und anziehend. Sie hasste ihn. Und sie hasste es, dass er ihr hinterherlief wie ein Teenager. Was sollte werden in ihrem Alter?

„Mein Enkel kommt später und mäht den Rasen", erwiderte sie kühl.

„Oh, schön", freute sich Paul. „Dann gehe ich jetzt wieder. Melde dich, wenn du Hilfe brauchst. Oder wenn du meinen Mäher leihen willst."

Eva nickte. Wortlos drückte sie die Tür ins Schloss. Sie blieb stehen und wartete. Durch die Tür spürte sie seine Anwesenheit. Er stand unbewegt an Ort und Stelle, dessen war sie sich sicher. Eine Weile lang rührte auch sie sich nicht. Dann hörte sie, wie sich draußen doch etwas bewegte. Aber offensichtlich stieg Paul nicht die Treppen hinab.

Eva ging in die Küche und lugte aus dem Fenster. Würde Paul die Treppe hinab gehen, würde sie ihn eigentlich sehen müssen. Doch er kam nicht. Dann, nach einer Weile sah sie ihn. Achtsam stieg er die Stufen hinab. In seinen Armen trug er liebevoll wie ein Baby die zertrampelten Blumenköpfe und Stängel. Er ging damit zur Biotonne und öffnete mit dem Ellbogen den Deckel. Mit einem bedauernswerten Blick ließ er seine Ladung hineinfallen und verließ dann ohne sich noch einmal umzublicken den Garten.

„Was für ein Blödmann!", entfuhr es Eva.

Ein Blick auf die Uhr zeigte ihr, dass es nun Zeit war für ihren täglichen Rundgang. Sie zog die Yogaklamotten aus und hängte sie sorgfältig über den Stuhl im Schlafzimmer. Zuerst wässerte sie die Pflanzen im oberen Stockwerk, dann ging sie auf die Terrasse. Nachdem sie alle Blühpflanzen versorgt hatte, füllte sie die Regentonne wieder auf und brachte ihr kleines Transistorradio nach draußen. Sie hörte die 11 Uhr Nachrichten und füllte nebenbei Vogelfutter in die beiden Futtersäulen. Dass es Hochsommer war, war ihr egal. Vögel hatten auch im Sommer Hunger. Nur Idioten hielten sich an die Vorgabe, die Tiere nur im Winter zu füttern. In diesem Punkt war sie früher immer mit Anton aneinander geraten. Es war einer der wenigen Streitgründe zwischen ihnen gewesen. Doch wenn sie einmal von der Richtigkeit ihres Handelns überzeugt war, war es schlichtweg unmöglich, Eva zu bekehren.

Sie war stur und eigensinnig. Und stolz darauf.

Nachdem sie die Vögel versorgt hatte, brachte sie das Radio nach drinnen und rief noch einmal bei Micha an.

„Was heißt, du schaust mal, ob es klappt?", rief sie in den Hörer. „Um zwei Uhr bist du hier, verstanden?!"

Sie lauschte einige Sekunden, dann nickte sie und legte auf.

≈

„Das ist doch nicht dein Ernst!", beschwerte sich Micha, als er drei Stunden später den alten Handmäher seines Großvaters aus dem Schuppen zerrte. „Das Ding ist total verrostet und schon seit Jahren stumpf! Wie soll ich damit den Rasen mähen? Abgesehen davon, dass das Gras schon viel zu hoch dafür ist!"

„Ach, Papperlapapp", konterte Eva bestimmt. „Dieser Mäher hat deinem Opa Jahr und Tag sehr gute Dienste geleistet. Ihr Jungen denkt immer, es muss alles automatisch gehen. Aber das hier...", sie deutete auf das spartanische Gartengerät aus dem vergangenen Jahrtausend, „das hier ist nicht kaputt zu kriegen. Das habe ich schon mindestens seit fünfzig Jahren, und es wird mich überleben."

„Ja, schön", brummte Micha. „Und ich gehe jetzt rüber zu Paul und leihe mir seinen Elektromäher."

„Das wirst du schön bleiben lassen." Entschlossen stellte sich Eva ihrem Enkel in den Weg.

Eine Weile standen sie einander gegenüber und blickten sich finster in die Augen.

Schließlich gab Micha nach: „Na gut. Wenn du drauf bestehst. Versuch ich´s halt."

Kopfschüttelnd stapfte er zu dem alten Mäher und fing an, ihn mit lautem Scharren über den Rasen zu zerren. Es war offensichtlich, dass die Arbeit mühsam war. Immer wieder musste er dieselben Stellen bearbeiten, da das Gerät das Gras nur Schopfweise erfasste und mehr aus dem Untergrund heraus riss, als es zu schneiden. An manchen Stellen sah der Rasen nun aus wie ein gerupftes Huhn. Braune Flecken, an denen ganze Büschel ausgerissen waren, zierten die sonst so grüne Wiese.

Während Eva auf der Terrasse den Kaffeetisch deckte, warf sie immer wieder besorgte Blicke zu ihrem Enkel. Nun regte sich doch ein schlechtes Gewissen in ihr. Sie eilte in die Küche und holte den Kuchen von der Anrichte. Dann nahm sie einen 20-Euroschein aus ihrer Börse und ging mit dem Geld und dem Kuchen in den Garten. Micha war gerade dabei, den Rasenmäher sauber zu machen.

„Wenn du fertig bist, gibt es Kaffee auf der Terrasse", sagte Eva versöhnlich.

Micha nickte stumm. Zehn Minuten später saßen die beiden schweigend am Tisch und blickten auf die verunstaltete Wiese.

„Besser ging's nicht", entschuldigte sich Micha.

„Ist doch prima", lächelte Eva und schob ihm den 20-Euroschein hin.

„Hier, für deine Mühe."

„Danke, Omi", freute Micha sich. „Du weißt, dass ich das auch umsonst mache. Aber brauchen kann ich's schon."

Mit diesen Worten nahm er den Schein und steckte ihn sich in die Hosentasche.

„Was ist denn mit dir und Paul?", fragte er vorsichtig.

„Was soll denn mit uns sein?", entgegnete Eva.

„Na, ich meine, er ist doch ein netter Kerl. Ich verstehe nicht, warum du ihn nicht magst?"

„Komm du erst mal in mein Alter!"

„Was hat das denn mit dem Alter zu tun?"

„Das verstehst du nicht."

„Das sagst du immer. Und damit ist jede Diskussion beendet."

„Ph."

Eva warf den Kopf auf die Seite und strich sich eine Strähne aus der Stirn. Micha blickte seine Großmutter liebevoll an. Er seufzte. Dann stand er auf.

„Musst du los?", wollte sie wissen.

Micha nickte.

„Sofie wartet auf mich. Sie hat um 17 Uhr Schluss. Wir wollten noch was essen gehen."

„Sag ihr liebe Grüße!"

Auch Eva erhob sich. Nun standen sich die beiden gegenüber.

„Mach ich."

Liebevoll nahm Micha Eva in den Arm. Er überragte sie um mindestens drei Köpfe. In seinen Armen erschien sie wie ein zerbrechliches, kleines Küken. Ihre Vergänglichkeit kam ihr wieder einmal schmerzhaft ins Bewusstsein. Sie seufzte.

„Tschüss, Oma, ich hab dich lieb", sagte Micha sanft, als er sich von ihr löste.

„Ich dich auch", gab Eva zurück.

Mit ihrem Blick folgte sie ihrem Enkel, als er durch den Garten nach vorne ging, das Gartentor passierte und schließlich auf der Straße verschwand. Ein wenig beneidete sie ihn um seine Jugend. Er hatte das Leben noch vor sich. In seinem Alter war jeder Tag für sie ein Abenteuer gewesen. Und heute? Welche Überraschungen erwarteten sie heute noch? Abgesehen von Pauls verrückten Aktionen verlief ihr Leben in starren Abläufen. Sie stand morgens auf, holte die Zeitung aus dem Kasten, frühstückte ausgiebig, praktizierte Yoga und pflegte ihre Pflanzen. Dann war es Mittag. Wenn sie keine Lust zu kochen hatte, überstand sie den Tag bis zum Abend ohne eine Zwischenmahlzeit. Nachmittags ging sie in der Regel zum Friedhof und kümmerte sich um die Grabpflege. Und zwar intensivst.

Wenn sie nichts Besseres zu tun hatte, verbrachte sie manchmal mehrere Stunden dort und unterhielt sich mit Anton. Sie hatte das Gefühl, dass er ihr auf dem Gottesacker noch am nächsten war, wenn man in seinem Zustand von Nähe überhaupt reden konnte.

Wie wohl seine Überreste in diesem Loch unter der Erde mittlerweile aussahen? Sie konnte den Gedanken an seinen verwesten Körper manchmal nicht ausblenden. Ihr graute davor, dass auch ihr Körper eines Tages in der Erde verrotten würde. Sie ekelte sich vor Würmern und hatte schon seit jungen Jahren immer wieder diesen Traum, in dem ein Wurm aus der Haut an ihrem Arm herausschlüpfte. Aus diesem Grund hatte sie sich auch für eine Feuerbestattung entschieden. Anton hatte sie immer ausgelacht, wenn sie ihm von ihrem Horror erzählt hatte.

„Wenn du tot bist, merkst du nichts davon", hatte er gewitzelt.

Sie hoffte, dass er Recht behalten hatte.

Eva blieb auf der Terrasse sitzen bis der Abend kam. Sie war müde und antriebslos. Der Tag hatte sie geschafft, auch wenn sie sich das ungern eingestand. Zu Antons Grab würde sie morgen gehen.

≈

Der nächste Tag verlief wie immer genau nach Plan. Um die Mittagszeit wurde es so heiß, dass Eva alle Fensterläden schloss, um die Hitze auszusperren. Sie bereute nun doch, dass sie es am Vortag nicht geschafft hatte, zum Friedhof zu gehen. Nun musste sie hin. Sonst würden die Blumen den Tag nicht überstehen.

Sie wartete bis zum Spätnachmittag. Dann lief sie los. Die Sonne brannte noch immer mit unverminderter Kraft von einem strahlend blauen Himmel herab. Schon nach wenigen hundert Metern wurde ihr schwindelig und sie musste sich auf eine Bank setzen. Wie dumm, dass sie kein Wasser mitgenommen hatte! Obwohl sie zuhause ausgiebig getrunken hatte, war sie nun durstig. Suchend blickte sie sich um. Da sah sie ein altes Motorrad gemütlich die Straße entlang fahren. Es knatterte ungewöhnlich laut und zog einen blauen Dunstschleier hinter sich her. Augenblicklich drehte Eva den Kopf in die andere Richtung.

Doch es half nichts. Das Motorrad hielt genau vor ihr an, und ein freudestrahlender Paul schrie, um den alten Zweitakter zu übertönen, aus Leibeskräften in ihre Richtung:

„Verdammt heiß, was? Soll ich dich ein Stück mitnehmen?"

„Guten Tag, und danke nein", erwiderte Eva.

„Bist du sicher?", fragte Paul besorgt. „Du siehst geschafft aus."

„Wann ich geschafft bin, entscheide ich!"

Energisch sprang Eva auf und ging mit forschen Schritten Richtung Friedhof davon. Paul sah ihr eine Zeitlang hinterher, dann legte er geräuschvoll den Gang ein und gab Gas. Knatternd düste die alte NSU an Eva vorbei und hüllte sie in eine stinkende Rauchwolke.

Sie schüttelte den Kopf. Der alte Narr! Er glaubte wohl, er konnte sie mit seiner alten Lederjacke und dem Museumsstück da beeindrucken. Sie wunderte sich immer wieder über seine Penetranz. Andererseits war sie sich nicht sicher, ob er seine Aktionen wirklich ihretwegen veranstaltete oder ob er nicht einfach - was noch viel schlimmer war - Spaß am Leben hatte. Sie hatte gehört, dass er Schlagzeug in einer Jazzband spielte. Aber was machte sie sich überhaupt so viele Gedanken um den Kerl? Er war verrückt, das war ihr klar. Und alt! Aber war sie das nicht selbst? Ein paar Grad zu viel, und sie schaffte die lächerlichen zwei Kilometer zum Friedhof nur noch mit Mühe und Not. Sie hatte noch nicht einmal den halben Weg zurück gelegt und war jetzt schon am Ende. Aber Temperaturen über 30 Grad waren noch nie ihr Ding gewesen. Die Zunge klebte ihr am Gaumen, und der Schweiß strömte aus allen Poren. Die Bäume um sie herum begannen sich zu drehen. Sie hoffte inständig, dass sie jetzt keinen Zusammenbruch erleiden würde. Das hätte sie Paul nicht gegönnt. Der Gedanke an diese Schmach gab ihr Kraft. Entschlossen ging sie weiter.

Japsend und nach Luft ringend kam sie schließlich am Friedhof an. Dort ließ sie sich auf eine der massiven Holzbänke sinken, die im Schatten der großen Ulmen standen. Nach einer Weile ging es ihr besser, und sie schaffte es sogar, drei Gießkannen auf Antons Grab zu verteilen. Als sie fertig war, trank sie selbst von dem Wasserhahn, der eigentlich für das Auffüllen der Kannen vorgesehen war und deshalb unter so heftigem Druck stand, dass sie sich von Kopf bis Fuß nass spritzte. Aber das tat ihr jetzt gut. Nachdem sie sich ausreichend erfrischt hatte, lehnte sie sich an die Steinmauer der Einsegnungshalle und überlegte. Sie würde den weiten Weg nach Hause nicht ohne Hilfe schaffen. Irgendetwas hatte sie geschwächt. Sie wusste nicht, ob es einfach nur das Alter war oder ob ihr etwas anderes in den Knochen steckte. Vielleicht eine Sommergrippe? Egal, was es war, sie wollte unverzüglich nach Hause in die Sicherheit ihrer vier Wände. Zuhause würde es ihr wieder besser gehen. Das wusste sie.

Weiter hinten sah sie einen jungen Mann an einem Grab stehen. Sie fasste sich ein Herz und ging zu ihm hin.

„Entschuldigen Sie, wenn ich Sie anspreche", wandte sie sich an den sportlichen Endzwanziger. „Ich fühle mich etwas geschwächt und wollte Sie fragen, ob Sie mich vielleicht ein Stück mit Ihrem Wagen mitnehmen könnten? Ich wohne nicht weit von hier."

Fragend blickte sie ihn an. Er musterte sie eine Weile, dann sagte er nicht unfreundlich: „Sorry, aber ich bin mit dem Rad da."

„Oh, dann entschuldigen Sie bitte!"

Eva wandte sich bereits zum Gehen, als der Mann ihr hinterher rief: „Warten Sie! Ich habe ein Handy."

≈

Zehn Minuten später hielt das Taxi vor Evas Haus.

„Da sind wir", wandte sich der Fahrer an seinen Gast.

Eva machte keine Anstalten sich zu bewegen. Stattdessen fixierte sie den Rückspiegel.

„Ist Ihnen nicht gut?", fragte der Fahrer besorgt.

„Still!", zischte Eva.

Ruckartig tauchte sie mit dem Kopf nach unten, als hätte sie etwas im Fußraum des Taxis verloren. Im nächsten Augenblick erschien der Kopf des alten Mannes, den sie soeben überholt hatten, neben dem Wagen. Er blickte durch das offene Beifahrerfenster und sagte ohne jegliche Emotion zu dem untergetauchten Rücken auf dem Beifahrersitz: „Eva! Dachte ich mir doch, dass du es bist!"

Wie in Zeitlupe tauchte Eva aus den Tiefen des Fußraums auf und ließ ein tiefes Grummeln vernehmen. „Du bist die Pest, oder?", brummte sie.

Der Taxifahrer zuckte zusammen. Paul lächelte. „Keine Sorge. Das meint sie nicht so", sagte er an den Fahrer gewandt.

„Und ob ich das so meine!", gab Eva zurück.

Dann fummelte sie zehn Euro aus ihrer Handtasche und drückte sie dem Fahrer in die Hand. Und zu Paul gewandt, sagte sie in barschem Befehlston:

„Was ist, willst du mir nicht die Tür aufmachen?"

Paul reagierte augenblicklich und öffnete elegant die Beifahrertür des Taxis, wobei er eine leichte Verbeugung machte. Unwirsch kletterte Eva aus dem Wagen und wehrte den ausgestreckten Arm, den Paul ihr anbot, mit einer schroffen Handbewegung ab. Die beiden Männer sahen sich an. Paul zog die Augenbrauen hoch und zwinkerte. Der Taxifahrer schüttelte den Kopf und fuhr davon. Als Paul sich umdrehte, war Eva bereits am Gartentor.

„Warte!", rief er ihr hinterher.

Sie blieb stehen und atmete geräuschvoll aus. Paul griff in seine Hosentasche und holte die beiden Konzertkarten hervor, die er gerade im Ticketshop abgeholt hatte. Über das ganze Gesicht strahlend hielt er sie Eva vor die Nase.

„Die Funky Jazz Freaks spielen im August in der Stadthalle", berichtete er begeistert. „Ich würde mich sehr freuen, wenn du mich begleiten würdest."

Erwartungsvoll blickte er sie an.

„Jazz ist nicht mein Ding", sagte Eva knapp.

„Was? Aber ich dachte, du hast erzählt, dass…", stotterte er nun doch verlegen.

„Dass was? Ich hasse Jazz", fuhr Eva ihn an. Mit einem Mal schien jegliche Farbe aus Pauls Gesicht zu weichen. Blass und enttäuscht stand er vor ihr und ließ den Kopf sinken.

„Nichts", brachte er schließlich heraus. „Schon gut."

Dann drehte er sich um und ging davon.

≈

Am nächsten Morgen wachte Eva später als gewöhnlich auf. Die helle Morgensonne schien bereits einladend durch das Schlafzimmerfenster und weckte in ihr die Lust auf ein ausgiebiges Frühstück auf der Terrasse. Also sprang sie gut gelaunt aus dem Bett und begann, sich frisch zu machen. Nach der Morgentoilette ging sie in die Küche und klapperte ausgelassen mit dem Geschirr.

„Was ich habe?", fragte sie in den leeren Raum. „Weiß ich auch nicht."

Sie kicherte.

„Irgendwie fühle ich mich heute wieder jung. Ja, ich glaube, das ist es!", rief sie freudig aus. „Ich fühle mich jung!"

Sie lud Marmelade, Butter und Käse auf das Tablett und brachte es zu dem gedeckten Tisch auf der Terrasse. Dann schob sie Antons Stuhl zurecht und schenkte sich Kaffee ein. Sie hob die Tasse.

„Prost, mein Lieber! Auf diesen besonderen Tag", sagte sie feierlich.

Später, beim Yoga, wurde ihr klar, was heute anders war als sonst. Als sie nämlich wie immer vor der Tür kniete, um sich auf den Kopfstand vorzubereiten, wurde sie von einer immensen inneren Kraft und Zuversicht erfüllt, wie sie sie seit ihrer Jungend nicht mehr gefühlt hatte. Überrascht hielt sie inne. Dann wusste sie, was dieses Gefühl zu bedeuten hatte. Sie würde es schaffen! Heute würde ihr Shirshasana gelingen. Sie war sich ganz sicher. Noch drei Atemzüge, in denen sie sich sammelte, dann kreuzte sie die Arme vor dem Körper, um den Abstand auszumessen, in dem sie die Ellbogen auflegen musste. Sie drückte den Kopf in die Mulde der ineinander gefassten Handflächen, richtete den Oberkörper in seiner Umkehrstellung auf und lief auf Zehenspitzen Richtung Bauch, bis sie schließlich spürte, wie ihre Füße wie von unsichtbarer Hand gehoben nach oben zur Decke schwebten. Sie stand auf dem Kopf! Gerade wie eine Kerze. Es war ganz leicht. Sie zitterte nicht einmal. Von Anstrengung keine

Spur. Im Gegenteil! Es fühlte sich ganz natürlich an, so mit dem Kopf nach unten in die Welt zu schauen. Gerade so, als wäre sie so geboren worden.

Aufmerksam sah sie sich um.

„Die Welt steht Kopf", fuhr es ihr in ihre Gedanken. „Endlich kann ich die Dinge sehen, wie sie sind."

≈

Als sie später vor dem Spiegel stand und mit zitternden Händen den roten Lippenstift auftrug, kam sie sich vor wie ein Schulmädchen. Auf dem Bett lag das geblümte Sommerkleid, das Anton ihr zum 60sten Geburtstag gekauft hatte. Sie erinnerte sich noch gut an den Tag. Es war ihr letzter Urlaubstag am Gardasee gewesen. Sie hatte das Kleid in einer teuren Boutique entdeckt, und Anton hatte sie sofort begeistert aufgefordert es anzuprobieren.

„Es ist viel zu teuer", hatte sie eingewandt.

„Für dich ist mir nichts zu teuer", hatte Anton geantwortet.

Versonnen betrachtete sie das Kleid. Es war genau das Richtige für den heutigen Abend. Sie hoffte nur, dass sie nicht zugenommen hatte. Aber das war nicht sehr wahrscheinlich. Als sie schließlich den Reißverschluss hochzog, bestätigte sich ihre Vermutung. Das Kleid passte noch immer wie angegossen. Ausgelassen wirbelte sie damit um ihre eigene Achse.

Dann stieg sie leichtfüßig die Treppen hinab und inspizierte den festlich gedeckten Tisch im Wohnzimmer. Sie hatte lange nicht mehr dort gesessen. Anton hatte die Küche immer vorgezogen. Er fand es dort gemütlicher. Aber mit Paul sollte es nicht wie mit Anton werden.

Ehe sie das Haus verließ, warf sie noch einen Blick in die Küche und prüfte, ob das Essen auch okay war. Alles war perfekt. Der Gemüseauflauf stand verzehrfertig auf der Warmhalteplatte, und der Reis würde in fünfzehn Minuten gar sein. Sie prüfte die Temperatur des Weißweins, den sie am Mittag kalt gestellt hatte. Er war perfekt! Dann steckte sie einen Finger in das Himbeerparfait, das sie von *Giovanni's* hatte kommen lassen, und ließ sich den sahnig fruchtigen Geschmack auf der Zunge zergehen. Himmlisch! Paul würde es lieben.

Ein letzter Blick in den Spiegel, ehe sie das Haus verließ. Dann eilte sie entschlossenen Schrittes zur Tür hinaus.

Am Gartentor angekommen, spürte sie bereits, dass etwas nicht stimmte. Es war ungewöhnlich laut draußen. In der Ferne hörte sie Stimmen, die aufgebracht durcheinander redeten. Und am Ende der Straße, dort, wohin ihr Weg sie führte, sah sie ein kreisendes blaues Licht, das die Umgebung abwechselnd in Hell und Dunkel tauchte. Während eine plötzliche Panik sie ergriff, stolperte Eva immer weiter ihrem Ziel entgegen: Pauls Haus. Davor standen ein Dutzend Menschen und gafften auf den Krankenwagen, der mit offenen Türen vor dem Gebäude geparkt war. Die meisten der Leute kannte sie, denn es waren Nachbarn. Sie hatte nun die Menge erreicht und fragte aufgebracht:

„Was ist hier los? Was ist hier passiert?"

Ausdruckslose Gesichter starrten sie an. In diesem Moment kamen die Sanitäter aus der Haustür. Zwischen sich trugen sie ein

140

tonnenförmiges Gewölbe mit einem schweren Deckel darauf. Es war ein Sarg. Augenblicklich wurde Eva schwarz vor Augen.

„Oh, mein Gott!", rief sie und griff Halt suchend nach der ersten Person, die neben ihr stand. Die Frau, eine Nachbarin, die direkt neben Paul wohnte, reagierte blitzschnell und fasste der alten Dame unter die Arme.

„Vorsicht! Frau Langhoff! Was haben Sie denn?", rief sie erschrocken.

Aufgeregt winkte sie einen jungen Mann herbei.

„Jochen, schnell, komm her!"

Die beiden hakten Eva rechts und links unter und brachten sie zu der Bank, die vor Pauls Haus stand. Besorgt beugte sich die Nachbarin über Eva: „Ist Ihnen nicht gut? Soll ich den Sanitätern Bescheid geben?"

Eva schüttelte den Kopf: „Es geht gleich wieder."

Inzwischen waren noch andere besorgte Passanten zu Eva geeilt und versuchten, ihr behilflich zu sein.

„Ich…", begann sie nach Worten suchend an die Nachbarin gewandt. „Ist er tot?", traute sie sich schließlich zu fragen.

Auf dem Gesicht der Frau erschien ein Fragezeichen. „Wer?"

„Na, Paul!"

„Herr Waldmann?", fragte die Frau erstaunt.

In diesem Moment ertönte eine Stimme hinter Eva: „Nein, aber der da, den hat's erwischt."

Erschrocken drehte Eva sich um und sah Paul leichenblass die Treppe herunter kommen.

„Paul!", rief sie erstaunt.

Paul warf ihr einen kurzen Blick zu, dann ging er zu dem Notarzt, der am Rettungswagen wartete und redete einige unverständliche Worte mit ihm. Schließlich klopfte der Arzt Paul aufmunternd auf die Schulter. Dann schloss er die hinteren Türen des Wagens und rief in die Menge:

„Bitte gehen Sie jetzt nach Hause. Hier gibt es nichts mehr zu sehen."

Er stieg ein, und der Wagen fuhr davon. Träge setzten sich einige Leute in Bewegung. Andere schienen noch unentschlossen zu sein und standen in kleinen Grüppchen herum, das Geschehen wieder und wieder erörternd. Paul setzte sich zu Eva auf die Bank. Er schüttelte den Kopf.

„Mir ist ja nichts passiert", murmelte er. „Aber dem armen Burschen. Der war sicher noch keine fünfzig."

„Wer war es denn?", fragte Eva.

„Keine Ahnung." Paul zuckte die Schultern. „Ich hab den Mann gar nicht gekannt. Er wollte den Stromzähler ablesen. Dann hat er gesagt, dass ihm nicht gut ist und ein Glas Wasser verlangt. Ich bin in den Keller gegangen, um ihm was zu holen und als ich hochkam, saß er da und hat sich nicht gerührt."

Paul verstummte und blickte Eva an. Der Schock saß ihm sichtlich in den Knochen.

„So schnell kann´s gehen", sagte er nachdenklich. Kopf nickend stimmte Eva ihm zu. Dann stand sie auf.

„Ich muss los."

Sofort witterte die Nachbarin, die sich zuvor um Eva gekümmert hatte, ihre Chance und nahm neben Paul auf der Bank Platz.

„Was meinen Sie? Woran ist der denn gestorben?", fragte sie Paul, der augenblicklich von den anderen, noch anwesenden Schaulustigen umringt wurde.

Wie in Trance bahnte sich Eva ihren Weg durch die Menge und trat auf die Straße, an deren Ende sie ihr Haus erblickte.

Hannahs Testament

Mit Hasserfülltem Blick verfolgte Hannah den gelb gefleckten Kater auf der Veranda. Er spazierte seelenruhig über ihre strahlend weißen Fliesen und hob die Nase in den Wind. Hinter sich her zog er eine braune Erdspur, die direkt aus Hannahs frisch gepflanztem Blumenbeet kam. Als er sie bemerkte, blieb der Kater stehen und taxierte sie mit neugierigem Blick. Hannah nahm die Steinschleuder hoch und zielte auf das Hinterteil des Tieres. Im selben Moment hob der Kater das Bein und markierte auf der Terrasse. Für einen Moment verschlug es Hannah den Atem. Als sie wieder Luft bekam, änderte sie ihr Ziel und visierte den Kopf des Katers an. Er hatte sein Geschäft noch nicht beendet, als das Geschoss ihn mit voller Wucht traf. Jaulend zuckte er zusammen und fuhr sich wie wild mit den Vorderpfoten über den Kopf, so als wolle er etwas abstreifen, das ihn plötzlich angefallen hatte. Als Hannah sich bewegte, flüchtete er in Windeseile in den Garten.

Hannah ließ die Steinschleuder sinken. Ihre Hände zitterten. Sie starrte auf das dünne Rinnsal aus Blut, das von der Treppe abwärts in den Garten führte. Vielleicht hatte sie den Kater tödlich verletzt? Ihre Nachbarn würden sofort wissen, wo die Täterin zu finden war. Unzählige Male hatte sie sich über das verflixte Katzenvieh beschwert und sie gebeten, es im Haus zu lassen. Doch jeden Tag erschien es erneut in ihrem Garten, um sie zu verhöhnen. Es buddelte ihre Pflanzen aus und kackte ihr in aller Dreistigkeit direkt vor die Haustür. Jetzt hatte sie das Vieh erwischt! Hannah schnaubte vor Genugtuung. Im nächsten Moment ergriff sie ein heftiger Schwindel. Hilfe suchend fasste sie nach hinten und fand Halt an dem altmodischen Ohrensessel, der der Lieblingsplatz ihres Mannes gewesen war. Sie ließ sich auf das weiche Polster sinken und presste die Lider aufeinander.

Diese ewige Warterei auf Marco machte ihr zu schaffen. Was nützte es, wenn sie Tag für Tag das Haus auf Hochglanz brachte und er doch nie kam? Aber hatte sie denn eine Wahl? Es war zu demütigend gewesen, als sie unfreiwillig mitangehört hatte, wie Marco sich am Telefon darüber beschwerte, wie muffig und schmutzig es im

146

Haus seiner Großmutter sei. Oh, sie hatte auch noch andere Dinge mit angehört, die nicht für ihre Ohren bestimmt gewesen waren, etwa, dass sie langsam verkalke und bösartige Züge annehme.

Seitdem war sie die Liebenswürdigkeit in Person. Zumindest Marco gegenüber. Und sie bezog die Betten jede Woche neu, reinigte regelmäßig Bad und Toilette, wischte Staub und saugte die Böden. Das Haus war sauber und gepflegt, fast schon steril. Doch sie wollte sich nichts nachsagen lassen. Selbst wenn sie vor Anstrengung abends todmüde ins Bett fiel. Sie hatte doch nur noch Marco! Die Einsamkeit war schwer zu ertragen. Tagaus, tagein war sie allein, ohne Ansprache, ohne ein freundliches Wort, ohne einen einzigen Menschen, den es kümmerte, wie es ihr ging. Alt werden war verdammt noch mal nicht einfach! Die Leere dieses Hauses kam ihr manchmal vor wie das Spiegelbild ihrer Seele. Wie ein riesiger, kalter Raum, in den sie sich verirrt hatte und aus dem es keinen Ausweg gab, nur kahle weiße Wände und die dunkle schwarze Tür am Ende des Raumes, vor der sie sich mehr fürchtete als vor allem anderen.

Ein beißender Geruch riss Hannah aus ihren Gedanken. Eilig stürzte sie in die Küche. Vom Herd schlug ihr dicker Qualm entgegen. So schnell sie konnte, riss sie den Topf mit dem Hirschragout von der glühenden Platte und schleuderte ihn in die Spüle. Dabei öffnete sich der Deckel, und das verkohlte Essen spritzte an die Wand und lief wie dicke, braune Tränen die Fließen hinab. Es war Marco´s Lieblingsessen. Heute morgen hatte sie es frisch gekauft und war dafür den weiten Weg in die Stadt gelaufen. Und nun war es verbrannt. Hanna hätte heulen können vor Wut und vor Erschöpfung. Dennoch besann sie sich, öffnete die Fenster und blickte auf die Uhr. Sie hatte noch ein paar Stunden Zeit, ehe Marco kam. Entschlossen nahm sie ihre Geldbörse und eilte aus dem Haus.

≈

In seinem privaten Umfeld galt Giancarlo Franco als liebenswürdiger, geduldiger und verständnisvoller Mensch. Wenn es um seine Angestellten ging, verlangte er jedoch absolute Disziplin, Zuverlässigkeit, Fleiß und ja, ein gewisses Maß an Opferbereitschaft. Seine Untergebenen gehorchten, oder sie hatten die längste Zeit in seiner Küche gearbeitet. Seine Unberechenbarkeit, seine Art, auf der einen Seite überschwängliches Lob zu verteilen und sein lautes, cholerisches Geschrei auf der anderen Seite, machten ihn zu einem gefürchteten Chef. Sein Erfolg gab ihm - zumindest was das Gastronomische betraf - jedoch Recht. Denn sein Lokal, das *Venezia,* rangierte in der Beliebtheit sowohl bei den Gästen als auch bei der lokalen Kritikerszene ganz oben.

Umso gravierender schien dem schwergewichtigen Patron der Affront, den sein zuletzt eingestellter Jungkoch seit geraumer Zeit gegen ihn anstrengte. In der Küche war jedermann klar, dass Marco bald das Zeitliche segnen würde, wenn er so weitermachte. Nicht nur, dass er seit längerem versuchte, seinen Chef bei dessen heilig zelebrierter Zusammenstellung der Tageskarte zu beeinflussen. Nein, immer öfter verschwand er mit dem Telefon in einem geheimen Winkel, um dort seine Privatangelegenheiten zu besprechen.

Als das Telefon dieses Mal klingelte, trafen sich Giancarlos und Marcos Blicke. Noch ehe Marco eine Chance hatte, ergriff Giancarlo den Hörer.

„Pronto chi parla?", meldete er sich mit barscher Stimme und dann lauschte er angestrengt in den Hörer, mit den Augen Marcos ängstlichen Blick fixierend.

Was dann folgte, war eine Salve italienischer Schimpftiraden, unter der selbst die übrige hartgesottene Küchenbrigade zusammen zuckte, besonders aber Marco, der zumindest so viel verstand, als dass sein Freund Lukas, der heute zum dritten Mal im Lokal anrief, soeben auf die schlimmste Art und Weise zusammen gepfiffen wurde.

Nachdem Giancarlo den Hörer auf die Gabel des altmodischen Wandtelefons geknallt hatte, herrschte gespenstische Stille. Eine Weile bewegte sich niemand. Giancarlo stand reglos da, ganz in sich versunken und schien nachzudenken. Plötzlich veränderte sich seine Miene, und er wandte sich mit liebenswürdigem Lächeln an Marco.

„Das war deine Freund, Lukas. Ich habe gefragt, ob es ist okay für ihn, wenn du heute noch machst die Abendschicht, weil wir haben so viele Arbeit. Und er sagt, das sei keine Problem. Du kannst bleiben und kannst helfen. Ich bin sehr froh. Er ist nette Mensch. Er versteht, dass in einem Ristorante ist so viel zu tun."

Mit dem Kopf nickend setzte sich der Koloss in Bewegung und watschelte aus der Küche.

≈

Mühsam keuchend schleppte Hannah ihre Einkäufe die hügelige Straße hinauf, die zu ihrem Haus führte. An der Straßenecke blieb sie stehen, um kurz Atem zu holen. Als sie zu ihrem Anwesen hoch blickte, sah sie ihn, und er sah sie. Eine hoch gewachsene, kräftige Männergestalt, die ein haariges Bündel in den Armen hielt und breitbeinig vor ihrem Gartentor auf sie wartete. Als sie näher kam, verfinsterte sich seine Miene, und er trat energisch auf sie zu. Der Kater auf seinem Arm trug einen professionell gewickelten Kopfverband, durch den sich helles Blut durchdrückte. Hannah war klar, dass das, was jetzt kam, hässlich werden würde.

„Das ist Ihr Werk, nicht wahr? Das haben Sie Tiger angetan!", herrschte er sie an.

Hannah ignorierte ihren Nachbarn und marschierte ohne ein Wort weiter. Der Mann schüttelte entrüstet den Kopf.

„Also doch! Sie bösartige, alte Hexe! Das werden Sie büßen, das schwöre ich Ihnen. Dieses Mal sind Sie zu weit gegangen!"

Als Hannah an ihm vorüber ging, fauchte sie der Kater mit gefletschten Zähnen an. Scheinbar ungerührt öffnete sie das Gartentor und ging mit ruhigen Schritten geradewegs auf die Haustür zu. Den Mann mit dem verletzten Kater würdigte sie keines Blickes. Doch als sie den Schlüssel ins Schloss steckte, zitterten ihr die Hände. Sie schloss die Haustür hinter sich und lehnte sich von innen dagegen. Ihr erster Blick fiel auf den Anrufbeantworter im Flur. Das rote Lämpchen blinkte ungeduldig. Jemand hatte eine Nachricht auf Band gesprochen.

≈

Als Marco um zwei Uhr morgens endlich nach Hause kam, hatte er dreizehn Stunden

Schufterei in der Küche hinter sich. Er legte den Wohnungsschlüssel auf die Anrichte und ließ sich aufs Sofa fallen. In der Wohnung war es totenstill. Lukas war sicher schon zu Bett gegangen. Auf dem Tisch lag ein Brief.

Sorry für den Stress! Bin schon mal im Bett. Total geschafft! Kuss L.

Total geschafft! Marco musste lachen. Seit Monaten saß Lukas zuhause herum und schrieb Bewerbungen. Eine nach der anderen. Es mussten inzwischen Hunderte sein. Aber nichts tat sich. Während all der Zeit riss er sich im Lokal die Beine aus, um mit einem Hungerlohn nach Hause zu kommen, von dem sie beide kaum leben konnten. Marco bezweifelte in diesem Augenblick, dass Lukas wirklich wusste, was Stress war. Aber immerhin, er bemühte sich.

Er stand auf. Zum Duschen war er zu müde. Also entledigte er sich seiner Kleider und ging in Boxershorts ins Bad. Aus dem Spiegel blickte ihm ein junger Mann von 30 Jahren entgegen. Dunkle Augenringe umrahmten seine sonst so strahlend blauen Augen. Deprimiert griff er zur Zahnbürste. Während er seine Zähne putzte, kam er sich plötzlich gemein vor. Lukas liebte ihn, das wusste er. Seine Gedanken vorhin waren unfair gewesen. Aber Fakt war auch, dass er sich so langsam wunderte, warum Lukas´ Bemühungen niemals Früchte trugen. Warum schrieb er eine Bewerbung nach der anderen und wurde nicht einmal zum Gespräch eingeladen? Plötzlich wusste er es! Er hätte schon längst darauf kommen können. Es war offensichtlich, dass Lukas durchaus redegewandt war und sich ausdrücken konnte. Ja, was Grammatik, Wortwahl und Ausdruck betraf, war er sogar pedantisch, geradezu philologisch. Aber all das besagte ja nur, dass es für ihn umso schwieriger sein musste trockene, nüchterne Bewerbungen zu schreiben. Mit Sicherheit beherrschte er die gängigen Formulierungen für eine professionelle Bewerbung nicht im Ansatz.

Marco ging ins Schlafzimmer, wo Lukas tatsächlich friedlich schlummernd im Bett lag. Er wollte sich schon auf die andere Seite des Bettes legen, als sein Blick auf den schwarzen Karton fiel, in dem Lukas sämtlichen Schriftverkehr aufbewahrte. Die Versuchung war zu groß. Obwohl er hundemüde war, war sein Interesse jetzt geweckt. Er sank auf die Knie und öffnete die

Schachtel, die Marco tief unter den Schreibtisch geschoben hatte.

Als er den Deckel lüftete, staunte er. Die Kiste war bis an den Rand mit handgeschriebenen Seiten gefüllt. Eine üble Ahnung beschlich ihn. Denn bereits auf den ersten Blick war klar erkennbar, dass keines der Blätter die übliche Adresszeile oder Anrede trug. Marco zog ein beliebiges Blatt heraus und begann zu lesen.

≈

Verärgert war Hannah um Mitternacht zu Bett gegangen. Doch an Schlaf war nicht zu denken. Nicht nach all der Aufregung. Nachdem sie Marcos Anruf oder - genauer gesagt seine Absage - auf dem AB abgehört hatte, entsorgte sie sang- und klanglos das eingekaufte Fleisch im Müll. Sie ließ sich auf den harten Holzstuhl am Küchentisch fallen und versank tief in Gedanken. Beinahe eine Stunde lang brütete sie stumm vor sich hin. Was hatte das Leben noch für einen Sinn? Warum konnte sie nicht einfach einschlafen und nicht mehr aufwachen? Aber genau davor fürchtete sie sich. Fürchtete sich wie der Teufel das Weihwasser. Schon der Gedanke an den Tod verursachte ihr Herzrasen. Er war so bedrohlich und verheerend, dass sie augenblicklich erschauderte. Panik machte sich in ihr breit. Nein! Sie würde sich widersetzen. Sie würde bis zum letzten Atemzug kämpfen! Sie würde ihm nicht so einfach erlauben, seine widerlichen Klauen nach ihr auszustrecken! Sie war nicht wie Eberhard, ihr Mann, der friedlich vor dem Fernseher eingeschlafen war und auf den Lippen ein seliges Lächeln getragen hatte, als sie ihn am Morgen fand.

Als Hannah später aus dem Fenster blickte, sah sie ihren Nachbarn, wie er mit dem fetten Kater auf dem Arm in der Küche stand und ihn liebevoll streichelte. Plötzlich trafen sich ihre Blicke. Für einen Augenblick glaubte sie, Hass in den Augen des Mannes zu sehen. Dann drehte er sich weg und verschwand in der Wohnung. Musste sie sich jetzt vor ihm fürchten? Gestern Nachmittag hatte sie das Gefühl gehabt, er sei zu allem fähig. Vielleicht war es besser, sich für alle Fälle zu rüsten. Sie hatte immer noch Eberhards alte Armeepistole. Er hatte ihr gezeigt, wie man damit umging. Vielleicht war es gar nicht so dumm, sie heute Nacht am Bett liegen zu haben. Sie war eine alte Frau und sie war allein. Aber wehrlos war sie nicht.

≈

Mitten in seinen tiefsten Träumen wurde Lukas von einem heftigen Rütteln an seinem Körper geweckt. Als er die Augen aufschlug, blickte er in das für ihn schönste Gesicht der Welt. Unvermittelt musste er lächeln.

„Morgen, Schatz! Bist du endlich da?"

„Spar dir das Gesäusel!", zischte Marco ihn an.

Die Härte seiner Stimme ließ Lukas aufschrecken. Alarmiert setzte er sich auf. „Was ist denn los? Ist was passiert?", fragte er.

„Kannst du mir sagen, was das hier ist?", entgegnete Marco kalt. „Erklär mir das!"

Mit grimmiger Miene streckte Marco Lukas einen Stapel Blätter entgegen.

„Scheiße!", entfuhr es Lukas.

„Das ist es also, was du die ganze Zeit treibst! Du… du schreibst diesen Schund!", brummte Marco mit finsterer Mine. „Und ich dachte, du bemühst dich wenigstens."

„Aber, du verstehst das nicht", jammerte Lukas verzweifelt. „Das bin nicht ich. Es kommt einfach aus mir heraus, ohne, dass ich das will. Es ist wie ein Zwang, etwas, das ich tun muss. Aber ich weiß genau, dass ich Menschen damit helfen kann. Ich weiß es, Marco."

Marco schüttelte den Kopf. „Du bist krank! Oder pervers oder sonst was. Ich weiß es nicht."

„Marco, ich...", verzweifelt rang Lukas nach Worten.

„Vergiss es! Zwischen uns ist es aus. Ich will mit dir nichts mehr zu tun haben. Einer von uns muss hier verschwinden und zwar sofort."

≈

Wie erstarrt lag Hannah im Bett und rührte sich nicht. Hatte sie schlecht geträumt, oder war sie tatsächlich durch ein Geräusch im Haus geweckt worden? Angestrengt lauschte sie in die Dunkelheit. Der Wecker zeigte 4.40 Uhr. Da! Erneut hatte sie das Gefühl, dass sich unten etwas bewegte. Jetzt hörte sie ganz deutlich Schritte aus dem Erdgeschoss. Ihre Gedanken überschlugen sich. War es ein Einbrecher? Oder dieser verrückte Nachbar wegen seiner Katze? Was sollte sie jetzt tun? Leise zog sie die Nachttischschublade auf und holte die Armeewaffe hervor, die sie am Abend dort deponiert hatte. Sie hoffte, dass sie sie nicht benutzen musste, doch sie war zu allem bereit. So leise wie sie konnte schlüpfte sie aus dem Bett und warf sich ihren Morgenmantel über. Das Haus war ihr so vertraut, dass sie den Weg zur Treppe selbst bei tiefster Dunkelheit ohne Mühe fand.

Als sie einen Fuß auf die oberste Stufe setzte, gab diese ein leises Knarren von sich. Das Geräusch im Erdgeschoss verstummte.

„Wer ist da?", rief Hannah.

Keine Antwort.

„Kommen Sie heraus! Ich habe eine Waffe."

Im nächsten Moment erschien unten im Flur die schemenhafte Gestalt eines Mannes. Hannah legte die Waffe an und zielte.

≈

„Unglaublich! Hier, lies mal! Eine alte Frau hat ihren eigenen Enkel erschossen."

Auffordernd schob Karlheinz seiner Frau die Zeitung hin. Mona warf einen flüchtigen Blick auf den groß aufgemachten Artikel, der die erste Seite des Lokalteils zierte. Sie war spät dran und hätte schon vor einer viertel Stunde im Büro sein sollen.

„Ja, tragisch", pflichtete sie ihrem Mann teilnahmslos bei. „Aber ich muss los."

Sie eilte in den Flur und schlüpfte in den Mantel.

„Die Alte dachte, der Enkel wäre ein Einbrecher, weil er sich nachts in ihr Haus geschlichen hat", rief Karlheinz ihr aus dem Wohnzimmer hinterher.

„Ich seh's mir später an. Mach's gut und vergiss bitte den Termin beim Tierarzt nicht."

Mit diesen Worten warf Mona sich die Tasche über die Schulter und ging zur Haustür. Noch immer in die Zeitung vertieft, murmelte Karlheinz ein kurzes „Okay, bis später."

Aufmerksam las er den Artikel zu Ende. Auf seinem Schoß saß der verletzte Kater, dessen Kopfverband an diesem Tag abgenommen werden sollte. Das Tier hatte sich allem Anschein nach gut erholt. Karlheinz legte die Zeitung beiseite und streichelte sanft über das Fell des Katers.

„Na, mein Lieber, ist alles wieder gut mit dir! Ein Glück, dass die Alte da drüben dich nicht abgeknallt hat. Der würde ich auch zutrauen, dass sie jemanden erschießt."

Argwöhnisch warf er einen Blick auf Hannahs Haus. Dort waren noch immer die Rollläden geschlossen. Als würde er zustimmen, miaute der Kater ausgiebig. Dann fing er an, seinem Besitzer liebevoll übers Gesicht zu schlecken.

≈

„Du gehst noch weg?"

Enttäuscht sah Lukas von seinen Manuskripten auf. Er hatte sie fein säuberlich auf dem Wohnzimmertisch sortiert, bereit für ihre abendliche Lesung.

„Ich bin gleich zurück", lächelte Hannah. „Ich hab drüben noch was zu erledigen."

Sie nickte mit dem Kopf in Richtung Nachbarhaus.

„Dachte, ihr wärt im Clinch", wunderte sich Lukas.

„Ja, aber es wird Zeit, das zu ändern", gestand Hannah. „Keine Sorge, in fünf Minuten bin ich wieder da."

Die Haustür fiel ins Schloss.

„Fünf Minuten!", rief Lukas ihr mit gespielter Strenge hinterher.

Er war aufgeregt wie ein kleines Kind. Hannah war sein erster Fan. Sie war überzeugt, dass er Talent hatte und erfolgreich sein würde. Er war überglücklich, dass sie ihm vorgeschlagen hatte, seine Manuskripte gemeinsam zu überarbeiten.

Schade, dass Marco noch immer keinen Kontakt zu ihm wollte. Aber wenn er diesen Teil von ihm nicht verstand, war ihre Beziehung ohnehin sinnlos. Seltsam, überlegte er. Marco und Hannah waren sich von ihrer Art her so gar nicht ähnlich. Die alte Frau hatte ihn mit offenen Armen aufgenommen, nachdem sie den ersten

Schreck verdaut hatte. Gut, er hätte sich nicht nachts in ihr Haus schleichen sollen. Ein Glück, dass er rechtzeitig seinen Namen gesagt hatte. Am Ende hätte sie ihn noch erschossen mit der alten Pistole, mit der sie wie wild herumgefuchtelt hatte. Als sie ihm in jener Nacht die Waffe übergeben hatte, zitternd wie Espenlaub, hatte er zuerst gedacht, das Ding sei eine Attrappe. Erschrocken hatte er feststellen müssen, dass die Waffe geladen war und wahrscheinlich auch noch funktionierte. Er wollte sich gar nicht ausmalen, was alles hätte passieren können.

Aber es war noch einmal alles gut gegangen. Er wohnte nun schon eine Woche lang bei ihr, und es gefiel ihm ausnahmslos gut. Seine Geschichten über den Übergang vom Leben in den Tod, für die er sich von verschiedenen Berichten über Nahtoderfahrungen inspirieren ließ, schienen Balsam für die alte Dame zu sein. In dieser einen Woche, die sie gemeinsam verbracht hatten, waren sie sich sehr nahe gekommen. Hannah war ihm wirklich ans Herz gewachsen, fast wie eine Mutter oder vielleicht eher wie eine liebevolle

Großmutter. Er hatte das Gefühl, eine Seelenverwandte gefunden zu haben. Und wenn sie tatsächlich den Kontakt zu den Verlagen herstellen konnte, für die ihr Mann früher lektoriert hatte, wäre ihm sehr geholfen. Zufrieden lehnte Lukas sich in den tiefen, alten Ohrensessel zurück.

≈

Gerade als Karlheinz den Tisch für das Abendessen gedeckt hatte, klingelte es an der Tür. Mona blickte ihn fragend an.

„Wer kann das jetzt noch sein?"

„Keine Ahnung", brummte er. „Aber egal, wer es ist, ich wimmel ihn ab."

Er stand auf und ging zur Tür. Als er öffnete und den alten Drachen von nebenan erkannte, wollte er die Tür schon wieder zu schlagen. Doch etwas hielt ihn davon ab. Es war die Dose Katzenfutter, die ihm die alte Frau mit zittrigen Händen entgegen streckte.

„Herr Humboldt, entschuldigen Sie bitte mein unmögliches Verhalten", begann Hannah verlegen. „Es tut mir wirklich sehr leid, dass ich Ihren Kater verletzt habe. Es ist nur… Ich habe mich so darüber geärgert, dass er dauernd meine Beete zerstört hat. Und Sie haben ja auch nichts dagegen unternommen. Geschweige denn, dass Sie sich entschuldigt hätten. Hier, zur Wiedergutmachung!"

Sie streckte ihm die Dose entgegen. Karlheinz atmete tief durch. Auf seiner Stirn bildete sich eine dunkle Falte. Dann betrachtete er die alte Frau von Kopf bis Fuß. Etwas an ihrer Erscheinung erregte sein Mitleid. Sie sah plötzlich so zerbrechlich aus.

„Wer ist es denn?", mischte sich von hinten eine Stimme ein. Mona hatte allen Anschein nach nicht mehr warten wollen und war zur Tür gekommen. Neugierig steckte sie den Kopf nach draußen. Als sie Hannah erkannte, entfuhr ihr ein überraschtes „Oh!"

Ein peinlicher Moment entstand.

„Na gut, ich gehe jetzt", sagte Hannah.

Sie wollte gerade kehrt machen, als Karlheinz schnell ihren Arm packte:

„Frau Mettmann, warten Sie!"

Erwartungsvoll blickte Hannah ihn an.

„Ich…, nein, … wir", unsicher blickte Karlheinz zu seiner Frau, „nehmen Ihre Entschuldigung an. Und wir entschuldigen uns ebenfalls für das Verhalten unseres Katers."

Mona lächelte, und er wertete das als Zustimmung. Kurze Zeit war alles still, dann lächelte auch Hannah.

„Gut", sagte sie entschlossen. „Dann wäre ja fürs Erste alles gesagt. Ich muss jetzt wieder nach Hause. Da wartet nämlich ein junger Mann auf mich." Sie setzte eine triumphierende Miene auf. „Schönen Abend noch. Ach ja, und hier!"

Sie drückte ihrem Nachbarn die Dose in die Hand und wandte sich unvermittelt zum Gehen.

„Ja, schönen Abend, Ihnen und dem jungen Herrn", rief Karlheinz der davoneilenden, alten Frau hinterher. Als Hannah außer Hörweite war, warf er seiner Frau einen vielsagenden Blick zu, und die beiden prusteten los.

≈

Als Hannah die Stufen zu ihrem Haus hinaufstieg, fiel ihr Blick auf einen wunderschönen, großen Schmetterling, der sanft über die Köpfe ihrer Stauden hinweg schwebte. Ergriffen blieb sie stehen und beobachtete das grazile Geschöpf. Der Schmetterling schien völlig entrückt, wie aus einer anderen Welt. Seine Leichtigkeit, seine frohen Farben, seine Einmaligkeit faszinierten sie. Einen Augenblick später spürte sie ein Stechen im Herz. Ein seliges Lächeln glitt über ihr Gesicht.

„Bald, Eberhard, ich verspreche es", flüsterte sie mit leiser Stimme wie zu sich selbst. „Aber erst habe ich noch etwas zu erledigen." Entschlossen setzte sie ihren Weg fort.

Im Wohnzimmer wartete Lukas schon auf sie. Erwartungsvoll blickte er sie an.

„Planänderung", sagte Hannah entschlossen.

„Planänderung?", fragte Lukas.

„Ja, wir schreiben ein Testament", entgegnete Hannah. „Mein Testament."

Der neue Nachbar

Schwungvoll warf Frank die Tür seines neuen BMW M850i xDrive Cabrios ins Schloss. Er lief zum hinteren Ende des Wagens und ließ mit einem Klick auf den Funkschlüssel den Kofferraum aufschnappen. Während er mit der einen Hand den Aktenkoffer heraus beförderte, drückte er mit der anderen das Headset ans Ohr.

„Ich muss Schluss machen. Wir sehen uns morgen!", rief er.

Hastig steckte er sein iPhone in die Anzugtasche und eilte die flachen Stufen zu dem modernen Einfamilienhaus empor, vor dem er geparkt hatte. Vor der Haustür stand ein gut gekleideter Herr mittleren Alters. Er sah aus, als wäre er einem Modemagazin entsprungen.

Nicht schlecht, dachte Frank. Der Makler schien guten Umsatz zu machen, wenn er sich eine so teure Aufmachung leisten konnte.

„Herr Gericke?", fragte der Mann erwartungsvoll, als er Frank näher kommen sah.

Frank nickte. Der Makler streckte ihm die Hand entgegen. Doch statt sie zu ergreifen, ging Frank sofort zum Geschäftlichen über. „Haben Sie die Schlüssel?", fragte er knapp.

„Natürlich!" Der andere nahm die Hand herunter und nestelte nervös die Wohnungsschlüssel aus seiner Aktentasche. „Wünschen Sie eine Hausführung?"

„Nein, Danke. Wo muss ich unterschreiben?", entgegnete Frank geschäftsmäßig.

„Ach so, ja…" Erneut beugte sich der Anzugträger über seine Tasche, aus der er nach einigem Herumwühlen ein Aktenstück samt Kugelschreiber hervor holte. „Hier unten, bitte!"

Schwungvoll unterzeichnete Frank das Dokument und gab es zurück. „War´s das?"

„Ja, natürlich. Die Formalitäten sind hiermit erledigt. Die French and Partner GmbH wünscht Ihnen einen angenehmen Aufenthalt in Ihrem neuen Heim. Empfehlen Sie uns weiter, und falls Sie noch Fragen haben, oder wenn wir in irgendeiner Form… "

„Danke, alles bestens", unterbrach Frank. Demonstrativ wandte er sich um und sperrte die Tür auf. Der Makler setzte an, um noch etwas zu sagen. Doch dann überlegte er es sich offensichtlich anders und wandte sich wortlos zum Gehen.

Drinnen legte Frank die Schlüssel auf das Sideboard und sah sich prüfend um. Das Haus war genau nach seinem Geschmack: modern, schlicht und aufgeräumt. Es hatte einen großen, zentralen Wohnraum mit riesigen Fenstern, in dessen Mitte eine überdimensionierte Ledercouch vor einem modernen Kamin stand. Die restliche Einrichtung war äußerst spartanisch und bestand aus einer Mischung aus Chrom, Glas und einigen wenigen Regalbrettern, die in den weiß getünchten Betonwänden eingelassen waren.

Eine üppige, grüne Zimmerpflanze stand direkt vor der riesigen Terrassentür und ragte nach oben in den offenen ersten Stock, dessen Räume über die Galerie zu erreichen waren. Mit den Fingern fuhr Frank über die leeren Regalbretter. Der Putztrupp hatte ganze Arbeit geleistet. Kein Staubkörnchen, weder in den Regalen, noch hinter den Türen oder auf dem Couchtisch. Mit hallenden Schritten ging Frank zur Toilette im

Eingangsbereich und öffnete die Tür. Prüfend zog er die Luft durch Nase. Es roch nach Desinfektionsmittel und Zitrone. Zufrieden schloss er die Tür.

In der Küche war es genauso sauber und aufgeräumt. Frank öffnete den Kühlschrank. In der Tür stand eine einsame Flasche Taittinger. Er nahm sie heraus und las die kleine, weiße Faltkarte, die daran heftete:

„Herzlich Willkommen im neuen Heim."

Er riss die Karte ab und öffnete mit einem unterdrückten Plopp die Flasche. Suchend sah er sich in den Vitrinen nach einem passenden Glas um. Er hatte angeordnet, dass es von allen Sorten zwölf Ausführungen gab: Sekt, Wein-, Wasser- und Champagnergläser. Etwas anderes trank und benötigte er nicht. Er verabscheute Bier und harte Spirituosen. Er nahm das passende Glas heraus und schenkte sich ein. Nachdem sich der Schaum gesetzt hatte, ging er mit dem Champagner in den Eingangsbereich und stellte sich vor den großen Spiegel.

„Prost, Großer! Du hast es geschafft. Auf dich!"

Später inspizierte er die oberen Räume. Seine Wäsche war ordentlich in den Schränken verstaut, und das Bad mit ausreichend frischen Handtüchern und Toilettenartikeln ausgestattet. Zufrieden kehrte er ins Wohnzimmer zurück und setzte sich mit dem Champagner auf die Couch. Er startete sein MacBook und gab das Internetpasswort ein, das der Makler ihm genannt hatte. Als er seine Mails abrief, tauchten 114 ungelesene Nachrichten auf. Geistesabwesend griff er zur Fernbedienung und schaltete den riesigen Flachbildfernseher ein.

Er klickte durch die Programme bis er bei N-TV angelangt war. Dann regelte die Lautstärke auf ein Minimum herab und widmete sich wieder seinem MacBook. Nachdem er die ersten 50 Mails in den Junk Ordner geschoben hatte, machte er sich an die Beantwortung der wirklich wichtigen Nachrichten. So arbeitete er konzentriert beinahe zwei Stunden lang. Als er mit der letzten Mail fertig war, klappte er den Bildschirm herunter und rieb sich müde die Augen. Er griff zur Champagnerflasche und wollte sich einschenken. Doch die Flasche war bereits leer. Frank stellte sie zurück auf den Glastisch und starrte nach draußen in die Dunkelheit.

Durch das Fenster hatte er einen großzügigen Blick auf den Vorgarten und die mehrstöckigen Gebäude auf der anderen Straßenseite. In einigen der Häuser brannte Licht. Leger legte er die Füße auf den Couchtisch und lehnte sich zurück.

In einem der weiter entfernten Fenster sah er einen Mann und eine Frau, die offensichtlich einen Streit hatten. Der Mann gestikulierte wie wild vor der Frau herum. Diese schüttelte immer wieder den Kopf und raufte sich die Haare. Schließlich rannte sie aus dem Zimmer. Der Mann wartete eine Weile, dann lief er ihr hinterher und verschwand aus Franks Blickfeld. Frank suchte in den anderen erleuchteten Fenstern nach Bewegung. Doch es war niemand zu sehen. Er stand auf und holte sich in der Küche ein Glas Wasser. Als er zurück kam, ging in der Wohnung direkt gegenüber das Licht an.

Eine junge Frau, von oben bis unten mit Einkaufstüten und Taschen beladen, erschien auf der Bildfläche einer modern eingerichteten Küche. Unter beiden Armen klemmten Gegenstände, die Frank auf die Distanz hin jedoch nicht genau ausmachen konnte. Es kostete die Frau alle Mühe, die Dinge so abzustellen, dass nichts zu Boden fiel oder umkippte. Bei genauerem Hinsehen erkannte Frank, dass sie sich sogar etwas in den Mund gesteckt hatte, das sie nun vornüber gebeugt auf die Küchentheke fallen ließ. Augenblicklich musste er schmunzeln. Mit Mühe und Not gelang es der Frau, die Taschen eine nach der anderen sicher abzustellen. Augenscheinlich erleichtert wischte sie sich den Schweiß von der Stirn. Auch Frank atmete auf.

Während die Frau ihre Einkäufe in den Regalen verstaute, bot sich ihm ausreichend Gelegenheit, ihr Aussehen zu begutachten. Sie war durchaus attraktiv, hatte ein sehr hübsches, ebenmäßiges Gesicht und eine gute Figur. Wäre er ihr im Fitnessstudio oder im Büro begegnet, hätte er sicherlich einen Flirt gewagt. Ihr Anblick machte ihm Lust auf ein weiteres Glas Champagner. Doch da die Flasche leer war, musste er mit Wasser vorlieb nehmen.

Drüben in der anderen Wohnung versuchte die Frau gerade eine Flasche Sekt zu öffnen. Mit einem Mal flog der Korken aus dem Flaschenhals, und eine sich eine riesige Fontäne ergoss sich quer durch die Küche. Der Schaum sprudelte nur so aus der Flasche und taufte das gesamte Mobiliar. Hektisch schwenkte die Frau den Sekt herum und riss dabei die abgestellten Taschen zu Boden. Frank sprang von seinem Sitz auf und eilte zur Terrassentür, um einen besseren Blick auf das Chaos gegenüber zu erhaschen.

Die Frau wirkte verzweifelt. Sie stürzte auf die Knie und wühlte panisch in dem Haufen auf dem Boden herum. Nachdem sie einige Sachen, die offensichtlich heil geblieben waren, nach oben auf die Theke gestellt hatte, hielt sie plötzlich inne. Auf einmal sah es so aus, als würde sie einen Lachanfall bekommen. Ihr ganzer Körper schüttelte sich. Mit einem breiten Grinsen stand sie auf, strich sich die Hände an ihrem Rock ab und goss sich schließlich ein Glas Sekt ein. Frank schüttelte den Kopf. Als die Frau gegenüber das Glas zum Mund führte, hob auch er sein Glas und prostete ihr gegen die

Scheibe gewandt zu. Genussvoll nahm er einen tiefen Schluck. Dann ging er nach oben.

≈

Am nächsten Tag achtete er darauf, rechtzeitig Feierabend zu machen, um noch vor Ladenschluss im Supermarkt um die Ecke einkaufen zu können. Er brauchte eine Grundausstattung an Lebensmitteln und auf jeden Fall etwas Wein, obwohl er diesen gewöhnlich direkt bei seinem Händler bestellte. Doch die Lieferung würde erst in den nächsten Tagen eintreffen. Und so lange wollte er nicht warten.

Als er seinen Einkaufswagen durch die Regale schob, bedauerte er es, dass er immer zur Primetime einkaufen gehen musste. Mütter mit quengelnden Kindern kreuzten seinen Weg und versperrten ihm die Sicht. Eine alte Frau mit einer dicken Brille auf der Nase hielt sich ein Gurkenglas vors Gesicht und versuchte mit verzweifelter Mine, etwas zu entziffern. Als er sich neben sie ans Regal stellte, sah sie auf und sprach ihn an:

„Entschuldigen Sie, junger Mann. Könnten Sie mir wohl sagen, was da drin ist?"

Frank blickte die Alte an, als hätte sie nicht mehr alle Tassen im Schrank.

„Gurken, nehme ich mal an, oder was meinen Sie?"

Er wandte sich ab und ging wortlos weiter.

„Aber, das ist doch…", stotterte die Alte verdutzt. Und nach eine Weile setzte sie nach: „Ich meinte doch die Inhaltsstoffe! He, junger Mann!"

Als Frank sich nicht mehr umdrehte, rief ihm die Alte hinterher: „Sie Rüpel, Sie Unverschämter, Sie! Ich rede mit Ihnen!"

Erbost stellte sie das Glas zurück ins Regal. Ungerührt setzte Frank seinen Weg fort. Als er mit seinem Einkaufswagen bei den Weinregalen angelangte, sah er sie. Es war der gleiche Rücken, den er am Abend zuvor durch das Fenster beobachtet und der ihm ein so herrliches Schauspiel beschert hatte. Sofort erfasste ihn eine Welle guter Laune. Fröhlich stellte er sich mit seinen Einkäufen direkt neben sie. Sie war gerade dabei eine Flasche Sekt aus dem Regal zu nehmen. Dieselbe Sorte, die am Tag zuvor in der Küche explodiert war.

Er konnte es sich einfach nicht verkneifen, sie anzusprechen:

„Holen Sie sich eine Neue?", kommentierte er ihren Einkauf.

Befremdet blickte sie ihn an. „Entschuldigung, kennen wir uns?"

„Wie man´s nimmt. Ich bin Frank Gericke. Ihr neuer Nachbar."

Ein Fragezeichen erschien auf ihrem Gesicht.

„Ja, ich wohne jetzt gegenüber in dem Einfamilienhaus. Händelstraße 4." Er grinste.

„Ah, okay", sagte sie vorsichtig.

„Und wie heißen Sie?", fragte Frank. Zuerst schwieg sie. Dann sagte sie schließlich: „Yvonne. Yvonne Müldner. Ich wohne gegenüber von dem... dem Einfamilienhaus."

Frank nickte wissend. „Ja, ja, ich habe Sie gestern schon gesehen", gestand er.

Augenblicklich erstarrte ihr Gesicht, und Frank merkte, was er angerichtet hatte. Schnell versuchte er, sich zu korrigieren: „Als sie rein gegangen sind. Da habe ich sie gesehen."

„Aha, verstehe. Na gut, ich muss dann mal!", beendete Yvonne das Gespräch und griff nach ihrem Wagen, um in Richtung Kasse zu verschwinden.

Einen Augenblick lang zögerte Frank, dann setzte er ihr nach. „Moment, bitte!", rief er.

Abrupt blieb sie stehen und atmete tief durch. Als sie sich umdrehte, war ihr Blick kalt wie Eis.

„Ich kann Sie mitnehmen. Ich bin mit dem Wagen da", bot Frank an.

Sie starrte ihn an, als wäre er ein Vergewaltiger. „Bin ich auch."

Ihre Körperhaltung machte mehr als deutlich, dass sie in Ruhe gelassen werden wollte.

„Okay, dann…", Frank sah ein, dass es keinen Sinn machte, das Gespräch weiter hinaus zu ziehen. „Dann sehen wir uns."

Yvonne lächelte schwach und nickte. Sie reihte sich in der Schlange an Kasse ein und würdigte ihn keines Blickes mehr.

≈

Mit Socken und einem Anzughemd bekleidet, drehte Frank mit dem iPhone und einem Glas Rotwein seine Runden durch das

Wohnzimmer. Es war bereits später Abend, und er hatte die ewige Telefoniererei mit den Kunden satt. Genervt blickte er auf die Uhr. 21.16 Uhr.

„Okay, ich denke, wir haben es jetzt", sagte er in das Headset. „Gut, bis morgen, 11 Uhr."

Er zog das Headset vom Kopf und legte das iPhone auf den Tisch. Mit dem Weinglas trat er an die große Schiebetür und blickte versonnen nach draußen.

In Yvonnes Wohnung war Licht. Gerade trank sie in der Küche ein großes Glas Wasser. Sie trug ein sportliches Outfit. Ob sie so ins Fitnessstudio ging? Oder gehörte sie eher zu den Frauen, die sich zuhause fit hielten? Seine Frage wurde fast augenblicklich beantwortet, denn Yvonne löschte das Licht in der Küche und ging nach nebenan in den großen Raum, der offensichtlich das Wohnzimmer war. Frank beglückwünschte sich für seinen guten Blick in Yvonnes Wohnung. Das hier war fast besser als Heimkino! Er nahm einen genüsslichen Schluck aus seinem Glas. Drüben begann Yvonne mit irgendwelchen Tanzübungen. Es sah sehr professionell aus, so dass er vermutete, dass sie entweder Tanzlehrerin war oder diesen Sport schon sehr lange machte.

Frank knipste das Licht aus und zog den *Le Corbusier* Sessel direkt vor die Scheibe. Er hatte sich gerade hinein gesetzt, als sein iPhone sich meldete.

„Mist!", fluchte er und stand auf.

Ein Blick auf das Display zeigte ihm, dass es sein Kollege war.

„Oliver!", meldete er sich und kehrte mit dem Gerät zu seinem Platz am Fenster zurück. Während er mit halbem Ohr bei dem Gespräch war, beobachte er, wie Yvonne ihren Pullover auszog und nun in einem Topp ihren wunderschön geformten Oberkörper vorzeigte. Ein leiser Pfiff entfuhr ihm:

„Scheiße nochmal!"

Augenblicklich wurde seine Aufmerksamkeit wieder zu dem Telefonat gelenkt.

„Was? Nein, nicht du", erklärte er seinem Gesprächspartner. Es folgte ein kurzes Schweigen, dann antwortete er erneut:

„Ja, einen Film. Irgendwas mit Keira Knightley. Keine Ahnung."

Er schaute wieder in die Wohnung gegenüber und erstarrte. Yvonne schien es wirklich heiß geworden zu sein, denn sie war gerade dabei, weitere Kleidungsstücke abzulegen. Soeben entledigte sie sich ihrer Leggins. Nun stand sie ihm in Pants und Topp gegenüber, ein Anblick, den Frank äußert reizvoll fand.

„Ich muss Schluss machen", sagte er schnell. „Wir besprechen den Rest im Büro!"

Geistesabwesend legte er das iPhone weg und starrte mit offenem Mund aus dem Fenster.

Das, was nun in der Wohnung gegenüber geschah, verschlug ihm die Sprache. Yvonne hatte auch vor ihrer Unterwäsche nicht Halt gemacht und gerade ihr Topp ausgezogen. Darunter war sie nackt. Verstohlen blickte Frank sich um, so, als wolle er sich versichern, dass ihn keiner sah. Doch in seinem Haus war es stockfinster. Keine Chance, dass ihn jemand dort an der Glasscheibe stehen sah. Frank schluckte. Es wirkte fast, als machte Yvonne einen Strip. Aber für wen? Wusste sie, dass ihr jemand zusah? Franks Hände zitterten, als er das Weinglas an die Lippen setzte.

„Entspann dich, Frank", beruhigte er sich selbst. Er war wie gebannt und konnte die Augen einfach nicht abwenden. Yvonne trug nur noch ihre Pants. Sie würde doch nicht? Oder doch? Er konnte kaum atmen.

Mit einem Mal blickte sie ihm direkt ins Gesicht. Frank fuhr zusammen. Unwillkürlich trat er einen Schritt zurück. Er fühlte sich ertappt. Es war unmöglich, dass sie ihn entdeckt hatte. Und doch stand sie da drüben am Fenster, nackt, und rührte sich nicht. Ihr Gesichtsausdruck war finster. Plötzlich ging das Licht aus, und er sah nur noch ihre Silhouette. Verstört löste er sich von seinem Platz und eilte ins Bad. Er starrte in den Spiegel. Ein müde wirkender 30jähriger mit weit aufgerissenen Augen und dunklen Augenringen blickte ihm entgegen. Um dem Anblick zu entgehen, beugte er sich nach unten, öffnete den Hahn und schöpfte sich das kalte Wasser ins Gesicht.

≈

Er hatte eine unruhige Nacht. Dunkle Schatten huschten durch seine Träume. Als er aufwachte, war er schweißgebadet und kaum erholt. Auch die morgentliche Dusche änderte daran wenig. Erst der starke Kaffee aus dem Vollautomat machte einen einigermaßen vorzeigbaren Menschen aus ihm. Frank nahm sich vor, in Zukunft besser auf seine Gesundheit zu achten und weniger zu arbeiten. Doch ein Blick in seinen Terminkalender machte ihm deutlich, dass er mit der Umsetzung seines Vorhabens noch warten musste.

Als er zu seinem Wagen ging, sah er wie Yvonne mit einem blonden, jungen Mann aus dem Haus gegenüber kam. Die beiden debattierten lautstark. Frank startete den BMW und fuhr los. Im Rückspiegel sah er gerade noch, wie der Blonde Yvonne unsanft bei den Schultern fasste und sie schüttelte. Im nächsten Augenblick fuhr er um die Kurve, und das Paar geriet außer Sichtweite.

Franks Hände verkrampften sich am Lenkrad. Ihm war unwohl bei der Sache. Er hoffte, dass Yvonne mit dem Typen keinen Ärger hatte. Ob er gestern Abend bei ihr in der Wohnung gewesen war, und sie den Strip für ihn gemacht hatte? Unwillkürlich schüttelte er den Kopf. Wozu machte er sich Gedanken um eine Frau, die er gar nicht kannte? Er sollte sich lieber auf seine Arbeit konzentrieren. Heute hatte er einen wichtigen Termin mit asiatischen Geschäftspartnern.

Die Vorbereitungen für den bevorstehenden Vertragsabschluss hatten ihn in den letzten drei Monaten fast jede freie Minute gekostet. Jäh trat er auf die Bremse. Verdammt! Er hatte seinen Aktenkoffer zuhause liegen lassen. Das war ihm noch nie passiert! Die letzte Nacht hatte ihn wirklich durcheinander gebracht. Ohne seinen Aktenkoffer brauchte er im Büro gar nicht aufzutauchen. Er wendete und fuhr zurück.

Als er in die Straße vor seinem Haus einbog, war Yvonne noch immer draußen. Von dem Blonden keine Spur. Dafür kniete Yvonne vor einem Fahrrad und fluchte laut. Frank parkte den Wagen und stieg aus. Er warf einen Blick auf sein Haus, ging dann aber mit entschlossen Schritten zu Yvonne.

„Probleme?", fragte er.

Sie sah auf. Als sie ihn erkannte, murrte sie: „Nee, nur ´nen Platten."

Ohne ihn weiter zu beachten, wandte sie sich wieder ihrem Rad zu und versuchte, den Reifen mit der Pumpe aufzupumpen. Ein

lautes Zischen war zu hören. „Scheiße!",
fluchte sie.

Frank stand noch immer
bewegungslos hinter ihr. „Soll ich mal?", bot
er seine Hilfe an.

„Wüsste nicht, was Sie da machen
könnten."

„Ich hab Flickzeug", konterte Frank.

Nun blickte sie doch auf. Ein
Hoffnungsschimmer erschien in ihrem
Gesicht. „Echt? Müssen Sie nicht zur Arbeit?"

Frank streckte ihr die Hand entgegen:
„Frank, und ab jetzt du." Er lächelte sie an. Es
war das erste Mal, dass sie zurück lächelte.

„Okay, Yvonne", sagte sie schließlich
und nahm seine Hand.

Frank blickte auf die Uhr: „Wir haben
20 Minuten. Das reicht."

Er joggte zum Haus und holte seinen
Aktenkoffer und den Werkzeugkasten nach
draußen.

Nachdem er Yvonnes Fahrrad auf den
Kopf gestellt hatte, demontierte Frank
fachmännisch das platte Vorderrad und löste
den Mantel vom Schlauch. Während er
versuchte festzustellen, wo sich das Loch
befand, lief Yvonne nervös mit ihrem

Smartphone auf und ab. Immer wieder tippte sie darauf herum und hielt es sich ans Ohr, ohne jedoch jemanden an die Strippe zu bekommen.

Schließlich fand Frank die undichte Stelle im Schlauch und begutachtete sie kritisch. Der Riss war riesig. Daher entschied er sich, den neuen Schlauch einzusetzen, den er in seinem Werkzeugkoffer gefunden hatte und der zum Glück passte. Während er ihn in den Mantel fummelte, schielte er aus den Augenwinkeln nach oben. Von seiner Position auf dem Rasen aus hatte er einen guten Blick auf Yvonnes Beine. Sie waren makellos. Frank räusperte sich.

„Hast du Streit mit deinem Freund?", fragte er beiläufig, während er den Reifen aufpumpte.

„Was?" Yvonne funkelte ihn feindselig an.

„Na, der Typ vorhin. Es sah so aus, als ob Ihr Stress hattet." Er versuchte so unbeteiligt wie möglich zu klingen. „Ich dachte schon, ich müsste dir helfen."

„Du hast gedacht, das ist mein Freund?", fragte sie ungläubig.

Frank zuckte die Schultern. Er setzte das Rad zurück in die Gabel und zog es fest. Die Arme vor dem Körper verschränkt, stand Yvonne vor ihm und begutachtete kritisch sein Treiben. Schließlich sprang Frank auf und brachte das Fahrrad wieder in Position. Er blickte auf die Uhr.

„Zwölf Minuten", verkündete er stolz.

Yvonne musterte misstrauisch den Vorderreifen. „Und das hält?", bezweifelte sie.

„Klar hält das. Ist ein komplett neuer Schlauch drin." Triumphierend grinste er sie an.

„Okay, danke", murmelte sie schließlich.

Frank nickte und packte sein Werkzeug zusammen. Unschlüssig sah sie ihm dabei zu. Dann griff sie das Rad beim Lenker, zögerte aber noch immer zu gehen.

„Sorry", sagte sie schließlich.

„Sorry, für was?"

„Du weißt schon. Dass ich so pampig zu dir war."

Frank zuckte die Schultern.

„Ich hab zurzeit ´ne Menge Stress."

„Kenn´ ich", sagte er.

Er nahm seinen Aktenkoffer und wandte sich zum Gehen.

„Hast du vielleicht Lust morgen zum Frühstück zu mir zu kommen?", fragte sie schnell. „Quasi als Dankeschön."

„Gerne. Wann denn?"

„9 Uhr? Die Adresse kennst du ja."

„Okay, morgen 9 Uhr."

Lächelnd ging er zu seinem Wagen und öffnete mit einem Klick das Schloss.

≈

Als Frank am Abend mit seinen Einkäufen zuhause ankam, war es bereits dunkel. Er stellte die Tüten mit den Klamotten im Wohnzimmer ab und brachte die Lebensmittel in die Küche. Nachdem er die Fertigpizza in den Ofen geschoben hatte, probierte er die neue Jeans und das Hemd vor dem Spiegel an. Er war zufrieden mit seinem Aussehen. Zehn Minuten später saß er mit der Pizza und einem Glas Rotwein auf seinem Platz vor dem Fenster und schielte nach drüben. Aber in der Wohnung gegenüber blieb es dunkel.

Als er erwachte, war es bereits nach Mitternacht. Neben ihm lagen die halb verzehrte Pizza und die leere Rotweinflasche auf dem Boden. Schlaftrunken rieb er sich die Augen. Lohnte es sich, nach oben ins Bett zu gehen, oder sollte er es sich einfach auf dem Sofa bequem machen?

Er entschied sich für das Bett und bückte sich, um den Teller vom Boden aufzunehmen. Als er wieder hochkam, ging in der Wohnung gegenüber das Licht an. Augenblicklich hielt Frank in seiner Bewegung inne und starrte auf das Liebespaar, das sich ihm in hemmungsloser Offenheit präsentierte. Allem Anschein nach hatte Yvonne Herrenbesuch mit nach Hause gebracht, und Frank wurde nun Zeuge, wie sie und der blonde Mann, den er sofort wiedererkannte, wie wild übereinander herfielen, sich küssten und schließlich die Kleider vom Leib rissen.

≈

Am nächsten Morgen stand Frank verlegen vor Yvonnes Tür. In der Hand hielt er einen Strauß Tulpen, den er eben noch schnell in der Stadt besorgt hatte. Es war exakt 8.59 Uhr, als er klingelte. Er hoffte, dass Yvonne ihn nicht vergessen hatte und die Szene peinlich werden würde. Doch seine Befürchtung schien umsonst gewesen zu sein. Denn die Tür wurde schwungvoll aufgerissen, und eine fröhliche Yvonne strahlte ihn an.

„Pünktlich auf die Minute!", rief sie. „Komm rein."

Wortlos überreichte Frank ihr die Blumen.

„Oh, Danke. Ich stelle sie gleich in die Vase", freute sich Yvonne und ging mit dem Blumenstrauß in Richtung Küche.

Zögernd betrat Frank den Flur und blickte sich um. Ob ihr Liebhaber noch da war und gleich auftauchen würde? Wie sollte er dann reagieren? In der Küche hörte er Yvonne Wasser aus der Leitung lassen und dann das Klappern von Geschirr.

„Du, wenn es dir heute nicht passt oder wenn du müde bist, können wir auch ein anderes Mal frühstücken", rief er in Richtung Küche.

„Was?"

Yvonnes Kopf tauchte in der Küchentür auf. In der Hand hielt sie eine Glasvase, in der die Tulpen ordentlich drapiert waren.

„Die sind wirklich hübsch. Ich habe ewig keine Blumen mehr geschenkt bekommen", bemerkte sie. Als sie sah, dass Frank verlegen herumstand, lachte sie.

„Was ist denn los? Du wirkst so bedrückt. Stimmt was nicht?"

Vorsichtig spähte Frank in die Küche.

„Suchst du was?", fragte Yvonne nun doch verunsichert. „Willst du vielleicht erst mal die Wohnung sehen?"

Frank zuckte die Schultern. „Okay", brachte er schließlich hervor.

„Na gut, dann hier entlang!"

Sie winkte ihn zu sich und führte ihn in einen großen, hellen Raum, der offensichtlich das Wohnzimmer war. An der Wand stand ein großes Bücherregal. Vor einem Sideboard mit einem Flachbildfernseher und einer modernen Mini-Stereoanlage befand sich ein gemütliches Kuschelsofa mit bunten Decken und Handgearbeiteten Patchworkkissen darauf. Zahlreiche Grünpflanzen und selbst gemalte Bilder verliehen dem Raum eine gewisse Eigenheit und Gemütlichkeit. Keine Spur von Chaos oder von einem Mann. Aber das Verwirrendste für Frank war, dass es unmöglich war, in diesem Raum Tanzübungen zu vollführen. Denn es gab dafür überhaupt keinen Platz. Abgesehen davon war dies nicht das Zimmer, das er von zuhause aus gesehen hatte. Frank erstarrte.

„Was ist?", fragte Yvonne. „Ist dir nicht gut? Du siehst aus, als hättest du einen Geist gesehen."

„Wo… wo ist das Fenster?", stammelte Frank.

„Ich verstehe nicht ganz", gab Yvonne zurück.

Frank fasste sich. „Entschuldige, aber ich dachte, du kannst mein Haus von hier aus sehen. Aber da ist gar kein Fenster nach drüben."

Yvonne schüttelte den Kopf. „Nein. Aber das müsstest du doch eigentlich wissen. Ich meine, schaust du nie raus?"

„Sorry", entschuldigte sich Frank verwirrt und trat einige Schritte zurück. „Ich muss nach Hause."

≈

Frank wusste nicht, wie viele Stunden er bereits vor dem Fenster gesessen hatte, als drüben das Licht anging. Yvonne kam nach Hause. Sie war nicht allein. Ein fremder Mann, den er nicht erkennen konnte, war bei ihr. Sein Gesicht war mit einem Tuch verhüllt. Yvonne fiel vor dem Fremden auf die Knie und küsste seine Füße. Doch der Mann stieß sie abrupt von sich. Ungerührt seiner Grobheit, fing sie an, ihre Kleider auszuziehen. Der Mann rührte sich nicht. Splitterfasernackt begann sie, den Fremden zu bezirzen. Verführerisch lief sie um ihn herum und strich mit der Hand über seinen Kopf. Schließlich versuchte sie, sich an ihn zu klammern. Plötzlich erwachte der Mann aus seiner Erstarrung und packte sie grob an den Handgelenken. Dann sah Frank, wie er sie zu einem großen Eisengestell an der Wand schleppte und dort fesselte. Als er fertig war, positionierte er sich davor und regte sich nicht. Eine Zeitlang geschah nichts. Doch dann wandte sich der Mann um und trat ans Fenster. Er blickte Frank direkt in die Augen. Franks Herz schlug ihm bis zum Hals. Der Mann gegenüber legte die Hand an das Tuch, das sein Gesicht bedeckte und zog daran.

Frank erstarrte. Von drüben blickte ihm sein eigenes Gesicht entgegen, starr und direkt und mit eiskaltem Blick. Der Mann zog den Vorhang zu.